# 蘇州風景名勝傳說

伯樂書

潘君明 ◆ 编著

古吴轩出版社

中国·苏州

图书在版编目（CIP）数据

苏州风景名胜传说 / 潘君明编著. — 苏州：古吴轩出版社，2018.6
（苏州民间传说丛书）
ISBN 978-7-5546-1172-2

Ⅰ. ①苏…　Ⅱ. ①潘…　Ⅲ. ①民间故事—作品集—苏州　Ⅳ. ①I277.3

中国版本图书馆CIP数据核字(2018)第131434号

扉页题签：马伯乐
责任编辑：俞　都
见习编辑：王　芳
装帧设计：唐　朝
责任校对：徐小良　黄川川
责任照排：刘　浩

书　　名：苏州风景名胜传说
编 著 者：潘君明
出版发行：古吴轩出版社
地址：苏州市十梓街458号　　邮编：215006
Http://www.guwuxuancbs.com　　E-mail:gwxcbs@126.com
电话：0512-65233679　　传真：0512-65220750
出 版 人：钱经纬
印　　刷：苏州市越洋印刷有限公司
开　　本：880×1230　1/32
印　　张：8
版　　次：2018年6月第1版
印　　次：2018年6月第1次印刷
书　　号：ISBN 978-7-5546-1172-2
定　　价：32.00元

# 总　序

潘君明

据考古发现，苏州地区在6000年前就有人类居住，男耕女织，繁衍生息；自春秋时代建造阖闾城至今，也有2500多年历史了。苏州这个地方，属江南水乡，历来是风水宝地，物产丰富，人口众多，代有发展。千百年来，虽有风云变幻，朝代更迭，但社会在变革中前进，事物在循序中发展，山水更为秀丽，城乡更为美观，庭园更为典雅，寺庙更为庄严，用品更为讲究，食品更为丰富。不仅如此，还出现了一代一代的名人，无论是政治领域、经济领域，还是文学领域、书画领域、工艺领域等，均有出类拔萃的代表人物，促进了苏州的繁荣，丰富了苏州的文化。

正因为如此，在历代古籍上，记载苏州方面的事迹很多，为我们留下了一笔非常宝贵的文化遗产，供我们后人享用。但，古籍的记载毕竟是有限的。尤其是发生在民间的传说，即所谓的“乡村野史”，在正史上基本见不到。有的由于政见不同，对某些名人的记载，也只寥寥几笔，如明代吴门画派领袖唐伯虎之类，而在民间，却流传着他们许多生动有趣的传说。这些民间传说，虽不能与正史相比，但从某种意义上来说，它可补正史之不足，对于研究社会沿革、民俗风情、自然科学是不可缺少的资料，同样是一笔非物质文化遗产，同样十分珍贵。

《中国民间文学大辞典》云：民间传说是“民间文学体裁之一。它是关于事物命名、起源、性质、功用等的传奇性民间创作，有的含有一定的历史因素，有的纯属不自觉的附会。但都采用历史的表述方式”。民间传说，“是自然科学和社会科学研究的参考资料”。但在民间，也将民间传说称为民间故事。

苏州是民间传说的故乡。

在苏州地区，无论是城市集镇，还是偏僻乡村，其间流传的民间传说，涉及面非常广泛，几乎无所不包，诸如山峰峻岭、江河湖泊、园林桥梁、寺庙宝塔、动物植物、菜肴食品、手工艺品以及历史名人等，都有故事流传，内容丰富，种类繁多，好似苏州地方的一部百科全书。

民间传说自古流传至今，口口相传，长盛不衰，受到广大民众的欢迎。究其原因，有它自身的特点：一是群众性的口头创作，故事性强；二是代代相传，传播面广；三是情节夸张，充满幻想；四是语言通俗，易记易懂；五是贴近生活，趣味浓郁。阅读民间传说故事，可丰富知识，提高聪明才智，获得意想不到的收获。

民间传说的种类很多，如“人物传说”“风物传说”“动物、植物传说”“工匠传说”“食品传说”等。十多年前，笔者与高福民先生主编《苏州民间故事大全》系列丛书，共计12册，收录了1650余篇民间传说故事，发行后，受到读者的青睐。为满足读者的需求，古吴轩出版社决定出一套“苏州民间传说丛书”，今选择4个门类，辑成4册。

一、《苏州历代名人传说》，收录54位历史名人的110篇民间传说。

二、《苏州历代工匠传说》，分为“工匠传说”“手工艺品传说”“丝绸传说”3个部分，收录71篇民间传说，附有“苏州历代工匠名录”。

三、《苏州风景名胜传说》，分为“古城篇”“山水篇”“园林篇”“寺庙篇”“宝塔篇”“桥梁篇”6个部分，收录93篇民间传说。

四、《苏州经典美食传说》，分为“水产类”“家禽类”“飞禽类”“蔬菜类”“瓜果类”“糕饼类”“茶酒类”“饭粥类”“百年老店传说”9个部分，收录125篇民间传说。附有苏州四季风俗、节令食品名录。

四册书，合计收录399篇民间传说。

阅读民间传说，如何与正史结合起来，以更好地理解民间传说故事的意义和价值。同时，又如何读懂地方性语言？为解决这一问题，本书在篇章中涉及有关历史名人时，在传说之前或在附记中列有名人的简介，可以参阅。对地方性语言，也做了简要注释，有助于读者阅读。

为做到图文并茂，特邀著名画家梅云、劳思、张晓飞、顾曾平、姚苏、夏维淳、李昉等绘制精美插图，著名民间文艺家冯骥才，著名书画家马伯乐、周矩敏、白榆题签书名，著名篆刻家张寒月刻制“乐在民间掘珍宝”印章，奉献给读者。

愿苏州的民间传说故事走进千家万户，一代一代传承下去！

2018年3月2日

戊戌元宵之夜

# 序

潘君明

苏州是一座历史文化古城，早在六千多年前，就有人类聚居于此。自春秋时期伍子胥建造阖闾城（即今之苏州城）以来，苏州城已有二千五百多年历史。由于历史悠久，人文荟萃，苏州文化积淀十分深厚，名胜古迹比比皆是，古典园林星罗棋布，古寺、古塔、古桥随处可见，由此而产生的风景名胜传说，非常丰富。可以说，凡有风景名胜的地方，无论是城池、山水、园林，还是古寺、古塔、古桥等，都有生动的民间传说。民间传说依附名胜古迹而流传，名胜古迹依靠民间传说而增光添彩。在旅游事业发达的今天，民间传说更显出其独特的功能，为繁荣旅游事业起着不可替代的作用。

民间传说是民间文学的主要体裁之一，是关于事物的命名、起源、性质、功能等的民间创作，大多含有一定的历史因素，也有的是属于不自觉的附会，但都采用历史的表述方式。民间传说是千百年来民众智慧和艺术才华的结晶，也是民族传统文化的瑰宝，既有完整的故事，也有片断的逸闻。民间传说与风景名胜一经结合，就会引起人们浓厚的兴趣，甚至让大家产生好奇、向往和迷恋，笑而忘倦，乐而忘返。

苏州是一座古城，是春秋时期伍子胥奉吴王阖闾之命而建造的，这在史籍上记载较多。然而，在城墙内“藏年糕”，在城墙上砌“将军洞”等，在史籍上是找不到的，而在民间却流传着这方面的故事。还有齐门、胥门命名的由来，金阊亭是怎么建起来的，苏州古街古巷的名称，也有一定的来历与出典，在民间广为流传。这些故事，读来都饶有趣味。

苏州的山，清新秀丽而美；苏州的水，烟波浩淼而幽。苏州有虎丘、天平、灵岩、邓尉、天池诸山，以及三万六千顷的太湖，民间传说就像山上的树木、湖中的浪花一样，多得不可胜数。那一亭一殿，一石一洞，一泉一池……都有优美、动听的民间传说。旅游者一边游山玩水，观赏名胜古迹，一边听讲传说故事，不仅可以增长见识，开阔眼界，且是旅游中的一件快事，一种收获。

苏州的园林，名闻中外，现在已有九个园林列入联合国世界文化遗产名录。那么，这些园林是怎么造起来的？园名是怎么命名的？园中的景点又隐含着哪些故事？在游园赏景之余，读一读有关的民间传说，可以领略造园、命名、景点的一些遗闻逸事，会增添无限的乐趣。

寺庙和宝塔，大都紧密相连，相互依附。苏州旧有“七塔”之说，至今依然巍峨屹立。这些名刹古塔，由于年代久远，产生了许多神秘、浪漫的传说。如《寒山寺庙门为啥朝西开》《关公为啥进罗汉堂》《虎丘塔为啥是斜的》，以及《商量北寺塔》《姑嫂塔》等。有反映劳动人民聪明智慧的，有反映苏州民俗风情的，有反映历史事件的……这些传说虽然产生于数百年甚至上千年之前，但今天读来依然感到新鲜可爱，令人回味无穷。

苏州是江南水乡城市，小桥之多，为他处城市所少有。唐代诗人白居易任苏州刺史时，就写有“绿浪东西南北水，红栏三百九十桥”的诗句。苏州不仅桥多，桥名也丰富多彩。诸如宝带桥、渡僧桥、落瓜桥、觅渡桥等，为什么要取这样的桥名呢？当然是有缘由的。踏上这座桥梁，讲一个桥名故事，不是很风趣么！

民间传说总是与实有风物相联系，看到一个景点，就讲一个故事，这也是“即景生情”吧。为此，本书在每一篇传说之前，对景点都做了简要的介绍，使景点与传说结合起来，以加深对传说和景点的理解，增加阅读的趣味。

2008年7月修订于

东环新村角挂书屋

# 目　录

## 三、园林篇

## 四、寺庙篇



## 五、宝塔篇

## 六、桥梁篇

# 一、古城篇

# 伍子胥造阖闾城

**阖闾城，即今之苏州城。公元前514年，伍子胥奉吴王阖闾之命，“相土尝水，象天法地”，建造阖闾大城。伍子胥选的城址是龙穴宝地，造城惊动了龙王，一条孽龙腾空而起，兴风作浪，伍子胥与之搏斗，除掉了孽龙，才造成了苏州城。详细内容请看下面的故事。**

伍子胥本来是楚国人，因为他的父兄被楚平王杀害，他一心要为父兄报仇，便投奔到吴国。当时，吴王阖闾正为了与楚国争霸，广招人才，任贤使能。他看到伍子胥是个能文善武、有勇有谋的人，便以礼相待，加以重用，和他一起共谋国政。

有一次，阖闾召见伍子胥，向他请教富国强兵之策。

伍子胥想了一下，说：“蒙大王器重，恕我直言。吴国地处东南，三面受敌，又有江海之患，一旦强敌入侵，于吴国十分不利。”

“那怎么做才好呢？”阖闾焦急地问。

伍子胥说：“我们梅里[①]，城池过小，周围仅三百里零三步。强敌一旦入侵，岂能抵御？只有兴建一座大城，驻兵屯粮，方能永葆千秋大业！”

阖闾听了，连连点头称是，便命伍子胥监造这座大城。

那时候，要造一座大城可不容易啊！伍子胥请来了不少识天文、懂地理的人，“相土尝水，象天法地”，看好了风水，用了三年时间，才圈了四十多里地，又招募了成千上万民工，选定了吉日，准备造城。

一切准备停当，刚刚破土动工，老天便刮起狂风，下起暴雨。一连几天，天昏地暗，水流如注，满地都是积水。

这天，伍子胥正在发愁，忽见造城的监官，浑身像个落汤鸡，跑来报告："禀报大人，大事不好，有八个地方的城基，被水冲开了口子；城里的古井，也日夜不停地冒水。民工和百姓都忙着逃命啦！"

伍子胥跑出来一看，只见满天乌云翻滚，一条孽龙在云中忽隐忽现，嘴里不停地喷水。原来，伍子胥建造苏州古城，挑选的是一块龙宫宝地，刚一破土动工就惊动了海龙王。龙王派出了一条孽龙来兴风作浪，要叫这座城建不起来。伍子胥双目怒瞪，须发竖起，抽出身上的宝剑，震天动地大喝一声："老子从来不信邪！"便和孽龙展开了一场恶斗。他凭着一身好本领，终于刺中了孽龙的眼睛。孽龙翻滚了几下，从天上掼到地上，昏死了过去。伍子胥怕它醒来还要作孽，就随手把它斩成几段。从此这条孽龙就卧在城中再也爬不起来了。

伍子胥斩了孽龙后，又命民工造了八个陆城门，"像天之八风"；造了八个水城门，"像地之八卦"。城外掘有护城河，内有护城壕；城墙是用泥土夯实的，坚固无比。伍子胥还命人在西城门外挖了一条大河，直通太湖，并开凿了运粮的"百尺渎"，通向长江。从此，这块龙宫宝地被镇住了，苏州再也没有水患了。

这座城到底有多大呢？据说，周围有四十里二百十步二尺，城外廓有六十八里六十步，在当时的长江流域是数一数二的。阖闾心中十分高兴，给它取名为"阖闾大城"。

从此以后，吴国逐渐强大起来。

阖闾死后，他的儿子夫差继位。夫差是个昏君，他任用奸臣，沉溺酒色，伍子胥几次进谏，他都不听。有一次夫差和西施正在玩乐，白发苍苍的伍子胥又来劝谏，夫差恼羞成怒，丢给他一把"属镂"剑，逼他自尽。伍子胥气得浑身颤抖，悲愤地说："我死后，把我眼珠挖出来，挂在城门口。让越国的军队跨进我亲手监造的城门，我是死也不瞑目的！”

据说，伍子胥自刎后，他的头就悬挂在西面的城门上。不久，越王勾践果然率领大军兵临城下。伍子胥的头颅，突然胀得像车轮大，两眼发出刺人的光芒，须发怒张，威风凛凛，吓得越军不敢前进。越军只好改道从东门（现在的葑门）进城。后人为了纪念伍子胥，便把悬挂过他人头的城门叫胥门，胥门外通向太湖的一条大河叫胥江，入湖口叫胥口，还在太湖边上造了一座胥王庙，封他为镇湖的湖神呢。

苏民　采录整理

**注解：**

①梅里：地名。今江苏省无锡市梅里，相传是吴国最早的都城。

# 伍子胥筑城藏年糕

**农历过年，家家户户都要吃年糕。年糕呈长方形，类似细砖。过年吃年糕，这是一个古老的传统习俗。那么，这个习俗是何时形成的呢？民间是这么说的。**

相传，在二千五百年前的春秋时代，吴王阖闾命大将伍子胥筑一座大城，当时称“阖闾城”，就是现在的苏州城。筑城时动用了成千上万的民夫，一共花了三年时间才完工。

这天，吴王阖闾爬上城头，展望着阖闾城的全景，不禁心花怒放。他拍着伍子胥的肩膀，赞赏地说：“爱卿，你为吴国立了大功啊，寡人要为你设宴庆功！”说罢，即命群臣去内宫赴宴。

宴会上，山珍海味，美酒琼浆，歌舞助兴。吴王饮酒作乐，开心得多少有些得意忘形了。伍子胥见到这种情景，心里闷闷不乐，只是淡淡地应付着众人对他的祝贺。回到家中，他对贴身的一位老随从说：“你跟我多年，我和你无话不谈。你看，今日大王如此狂喜，身为一国之君主，居安而不思危，将来必有后祸，令人担忧啊！”随从听了觉得有道理，可是，自己又说不出个所以然来，只好随声附和了几句宽慰的话。然而，伍子胥却郑重地对他说：“天有不测风云，万一我死了，如果吴国百姓遇难，黎民遭了灾荒，你可以带领大家在相门城墙下掘地三尺，觅得粮食。”随从以为伍子胥太累了，只是随便说说的，没有把这话放在心上，便服侍他上床歇息了。

阖闾死后，夫差继承王位。不久，伍子胥惨遭诬陷，被逼自刎身亡，随从也告老回乡。

这一年，越国侵犯吴国，兵临城下，苏州城被困，城内百姓断了粮，偏偏又逢年关已到，大街小巷里哭声不绝，好生凄惨。这时节，当年跟随伍子胥的那位老随从，也住在苏州城里，他年事已高，哪里还能经得起饥饿的折磨，躺在床上奄奄一息。昏迷中，他迷迷糊糊地看见伍子胥站在他床前说："黎民遭了灾荒，你怎么不带领大家去相门城墙掘地觅食啊？"老人挣扎着起身，向前扑去，伍子胥却不见了。他扑了个空，出了一身冷汗，睁眼一看，方知原是做了一场梦。可是，这梦使他想起了伍子胥当年对他说过的话，一下子病也轻了许多。他急忙叫上家里人和邻居们，一起前往相门城墙脚掘地，大家掘到城墙脚下三尺深的地方，发现这里的城砖不是用泥土做的，而是用糯米粉做的。老人和邻居们围着米粉砖，纷纷跪了下来，泪流不止地说："伍将军，你居安思危，爱民如子，今天救了全城百姓，可你自己死得那样悲惨，我们忘不了你啊！"就这样，全城百姓都从相门城墙脚下取得了"城砖"，度过了年关。

从此以后，每逢过年，苏州城里家家户户都要用糯米粉做成"城砖"，来纪念伍子胥，因为是过年时才吃的，所以大家称之为"年糕"；后来还放进了糖，称为"糖年糕"。

翁洋洋　采录整理

# 将军洞

**苏州城盘门的城墙脚下，有个方形的小洞，可以蹲一个人，叫作“将军洞”。这个洞名的来历，与伍子胥有关哩。**

相传，伍子胥的父亲得罪了楚王，楚王大怒，要将他家满门抄斩。伍子胥独个儿逃了出来，一夜之间急白了头发，逃出了昭关。他来到吴国，一心想投靠吴王，将来好报仇雪恨。但是，他与吴王素不相识，一时间难以投靠，时间一长，银子用光，只得穿着破衣烂衫，在街上吹箫卖艺度日。

楚王知道伍子胥逃到了吴国，就专门派人追到吴国，缉拿伍子胥，要把他抓回去问斩。

一日，伍子胥在街上吹箫卖艺，箫声悲悲切切，悠悠扬扬，特别好听。听箫的人围了一大堆。伍子胥在收钱时，发现有个人好生面熟，心想：莫非是楚国派来抓我的？那个楚国人望望伍子胥，也感到有点面熟，但心想：伍子胥是堂堂正正的将军，怎么会穿得衣衫褴褛，又是满头白发，在街上卖艺呢？他与同来的人一商量，决定先抓起来再说。伍子胥也看出来了，在他们商量时，早已溜出了人群，快步向南方逃去。吹箫的人跑了，更加引起了楚国人的怀疑，他们断定他就是伍子胥，立即追了上去。

伍子胥逃到南方的土城墙边，发现楚国人正在紧紧追来，心想，不如躲起来为好。他灵机一动，见城墙边塌坏的地方有个洞，就悄悄地躲了进去，外面用乱草遮没。楚国人追到城墙边，不见了伍子胥，以为他逃到城外去了，就追出了城外。

后来，伍子胥投靠吴王，受到了重用，成为一名大将军。他协助吴王打败了楚国，报了家仇，后又俘虏了越王，建了大功，官封为相国。吴王为了建立基业，扩大皇城，就命伍子胥负责建造城池。伍子胥象天法地，测量地形，召集民夫，动工建城。一日，伍子胥来到城南城墙边，见民工们正在砌城墙。他站在那里，不禁触景生情，想起了自己逃难的经过，对民工们说："此处城墙脚下，要砌一个方形的洞。"民工不解，问是什么原因？伍子胥把自己逃难的经过说了一遍。民工们说："那好，应该砌一个洞，作为纪念。"这个洞砌好后，因为是伍子胥蹲过的，就取名叫"将军洞"。

潘君明　采录整理

# 胥门、胥江的由来

**苏州城西面有个城门，不叫西门，而叫“胥门”。胥门的外城河叫“胥江”。为什么要用这个“胥”字来命名呢？原来它与伍子胥有关。**

伍子胥本名叫伍员，子胥是他的字。他本是楚国人，因楚王要杀他全家，就逃奔到吴国来了。后来他投靠了吴王，由于有军事才能，帮助吴王带兵打仗，出谋献策，屡立战功，被封为相国。

伍子胥对吴王忠心耿耿，一心想保卫吴国。当时，越王勾践被吴王打败以后，不甘心失败，立志要报仇复国，于是送了美女西施到吴王夫差身边，使吴王夫差沉湎于酒色之中。伍子胥看出了越王勾践的阴谋，几次向吴王夫差进谏，劝吴王夫差把越王勾践杀了，免生后患，吴王夫差就是不听。后来，伍子胥打听到越王勾践已在操练兵马，筹集粮饷，准备入侵吴国。伍子胥再次向吴王夫差进谏，吴王夫差非但不听，还说越王勾践对吴国很忠诚，你伍子胥疑神疑鬼，无事生非。伍子胥与吴王夫差争了起来，吴王夫差火了，要杀伍子胥，伍子胥也火了，说：“大王不听我的话，吴国灭亡之日就不远了，大王要杀我，就请大王割下我的头颅，挂在西边的城墙上，我要亲眼看越兵打过来。”吴王一怒之下，就赐了一把宝剑给伍子胥，叫伍子胥自刎。

伍子胥自刎以后，吴王夫差命人将伍子胥的头颅挂在西边的城墙上示众。说也奇怪，伍子胥面不改色，头颅像活着一样神气。再说越王勾践听说吴王夫差杀了伍子胥，心里非常高兴。因为伍子胥一死，吴国就没有智勇双全的大将了，越王勾践就没对手了。于是，越王勾践带了军队，一路打将过来，一直打到苏州城西门外。要攻城时，越国军队看见了伍子胥的头颅，只见伍子胥眉毛竖起，眼睛弹出，形象十分凶猛。越国军士越看越害怕，吓得手脚发抖，顿时大乱，不敢攻城，急忙回去报告给越王勾践。越王勾践出来一看，只见伍子胥的眼睛越张越大，大得像铜铃一样，好像要弹出来似的。越王勾践也不禁吓得心直跳，汗毛倒竖，急命暂且退兵。越王勾践退兵以后，伍子胥的眼睛才逐渐闭上。几天后，越王勾践收住军心，整顿军队，从东门（葑门）攻进了苏州城，吴国就灭亡了。

伍子胥一生骁勇善战，威震敌国，是有名的大将。他的头颅挂在城墙上，还能吓退敌兵，吓得勾践不敢攻城。苏州百姓为纪念他，就将西边的城门叫作“胥门”。伍子胥自刎后，吴王命人将伍子胥的死尸抛入西门外的大河里，所以那条大河就叫作“胥江”。这就是“胥门”“胥江”的由来。

潘君明　采录整理

# 齐门的传说

**苏州城东北的一个城门，叫齐门，又叫望齐门。“齐”是齐国的国名，阖闾城是吴国的，城门怎么会取这个名字呢？有这么一个故事。**

春秋时期，吴王阖闾胸怀大志，一心想在诸侯中称霸。他任用伍子胥、孙武等一班人才，励精图治，安邦兴国。没几年，吴国就国势强盛，兵力充足。吴王阖闾南伐越国，西破强楚，北慑齐晋，在诸侯中称霸，实现了他的愿望。

苏州城东北有个城门，叫齐门，就是因吴国征服齐国而得名。齐国原先也十分强大，但到了齐景公时，由于齐景公昏庸无能，沉溺酒色，国力日渐衰弱。齐景公十分害怕吴国的侵犯，酝酿与楚国通好，图谋联合。这一消息传到吴国，吴王阖闾认为：齐国与楚国通好，对吴国十分不利，意欲攻打齐国，但又找不到借口，便问大臣们有何良策。伍子胥想了一想，说道：“大王，太子波的妃子去世以后，至今还没有续娶，臣知道齐景公有个小女儿，生得美貌动人，也很有才华，不如派人到齐国去为太子波求婚，如果齐景公不答应，再出兵攻打齐国，不知大王意下如何？”吴王阖闾点头同意，并立即派出使者到齐国去为太子波求婚。齐景公非常喜爱小女儿，他不想让小女儿离开家乡，远嫁他国，但慑于吴国的强大势力，只好忍痛答应，并准备了丰厚的嫁妆，将女儿送到了吴国。

齐景公的小女儿名叫少姜，与太子波成婚以后，夫妻俩倒也恩爱。

但少姜十分思念自己的父母，想回到齐国去，这当然是不可能的。由此，她终日里闷闷不乐，积郁成病。太子波很是着急，去向父王阖闾汇报，阖闾也没有办法，就去问伍子胥，伍子胥说道：“少姜思念家人，这是人之常情，可以在齐门城上造一座城楼，让少姜登楼眺望齐国，以慰思乡之情。”阖闾表示同意，即在齐门城上造了一座九层楼阁，由太子波陪同少姜登楼游玩，眺望齐国。但是，齐国毕竟离吴国十分遥远，哪里能望到什么呢。这倒反而增加了少姜的思亲之情，少姜病情日益严重，不久就死了。

少姜死后，就葬在常熟虞山。至今，在虞山之巅仍有“齐女墓”。而苏州城的齐门，由于齐女登城望齐，又称为“望齐门”。

潘君明　采录整理

夏维淳　绘

# 金阊亭的传说

**苏州金门外南新桥西堍，有只古亭，名叫“金阊亭”，飞檐翘角，十分壮观。说起这只亭子的来历，有个古老的传说。**

在二千多年前的西汉时代，苏州穹窿山脚下有个读书人，叫朱买臣，住的茅草房子，生活十分贫穷。他家没有田地耕种，就以打柴为生。在打柴时，他也将书册带在身边，打一回柴，读一回书。当时，有不少人讥笑他：一个打柴的读什么书，还想做官哩，真是梦想！朱买臣只当没听见，反而读书更加用功，常常挑着担子，手捧书本高声朗读。他由于刻苦用功，书读得多，学问很深，成了当地的一个名士。

后来，朱买臣的朋友、在朝做官的严助把他带到了京城，并向皇上推荐了他。朱买臣见了皇帝，演说《春秋》，讲解《楚辞》，显示出了他很高的学问。皇上听了十分高兴，就叫他在朝廷里做官。不久，他因献计破灭东越，得到了皇上的赏识，皇上任命他为会稽太守，并对他说：“你现在做官了，可以回家去看看了！”

朱买臣听从皇上的旨意，从京城回到了家乡，但他没有坐官轿、穿官服，还是穿的旧衣衫，只是将官印藏在腰里。他步行到太守衙门，见衙门里的几个书吏和门丁正在一起饮酒。朱买臣过去也算是个读书人，常来衙门里走动，也向书吏和门丁讨过酒喝，所以，书吏和门丁都认识他。但因他是个打柴的穷书生，大家都看不起他。

朱买臣立在酒桌旁，听他们的冷言冷语，一个说：“朱买臣，今天的酒菜倒蛮好，可惜不多，你还是改日再来吧。”另一个说：“朱买臣，你还是回去打柴吧，别在这里白等了。”朱买臣想：真是狗眼乌珠看穷人，我现在已经当上了太守，不过穿了件旧衣衫，你们还是看不起我。他站在那里就是不走，有个年老的门丁，看着朱买臣可怜，就腾出一点地方，叫朱买臣坐下来喝上一点。朱买臣心中有气，只喝了一会就已经有些醉意，身体斜靠在墙壁上，慢慢地睡着了，腰里的官印露了出来。坐在他旁边的门丁看见了，好像是个官印，拉过来一看，却是个太守的官印。他急忙告诉了书吏，书吏感到奇怪，一个穷书生哪来官印？他拉过那印章仔细一瞧，确实是个“会稽太守”的官印。书吏立即去告诉了守衙门的官员，守衙门的官员不信，训斥道：“哪有这种事，一个打柴的能当上太守吗？不要瞎讲！”书吏道：“你自己去看看吧。”守衙门的官员前去仔细一看，连说：“确实不错，是个会稽太守的印章。”喝酒的人听到这一消息，个个目瞪口呆，大惊失色。大家立即站起身来，叫醒了朱买臣，向他叩头拜见。正在这时，门前来了一辆太守的马车，将朱买臣接了回去。

朱买臣走后，衙门里的官员知道得罪了太守，心里十分害怕，都想着要如何来弥补这一过错，拍拍太守的马屁，求得太守的宽恕。于是大家拿出银子，送到朱买臣家里，但朱买臣就是不收，这就为难了那班官员，怎么办？经过商量，大家决定在阊门那里造一只亭子，表示向太守谢罪。因亭子造在阊门，阊门是个十分繁荣的黄金地段，所以取名叫“金阊亭”。

潘君明　采录整理

# 七“狸”山塘

**苏州阊门外的山塘街，是到虎丘去的必经之路，长有七里，苏州人有句俗话，“七里山塘到虎丘”。其实，不是街有七里，而是安有“七狸”——七只石狸。为啥要安“七只石狸”？讲个有趣的故事。**

从前，苏州的能工巧匠在虎丘山刻了一只石老虎，让它蹲在山脚下，看守着山门。这只石老虎雕得实在太好了，就像活的一样。平时它像睡在那里，一动也不动。可是，一到了春天，桃花红，杨柳绿，菜花黄，草木青，上山的游人多了，给它闹醒了。它睁开两只大眼睛，东张张，西望望，这花花世界太美啦。它浑身一抖，脚爪发痒，长啸一声，就变成了一只活老虎，猛地蹿下山来。

老虎有吃人的本性，冲到了山塘街，到处要吃人，吓得人拼命逃。直等它闹腾够了，才回虎丘山上去睡觉。百姓受害不浅哩！谁还敢去虎丘山白相①呢！

有一年春天，来了一个白发苍苍的老人，想到虎丘山上去白相。城里的老百姓告诉他：“虎丘的石老虎下山要吃人的，你还是勿要去吧！”老人说：“我才不怕哩，我是专门来制服这只石老虎的。”

老人请来了七个本领高强的石匠，凿出了七只石狸，只只弹眼落睛，活灵活现。老人将这些石狸从阊门外的山塘桥开始，沿着山塘街隔一段放一只，隔一段放一只，只只石狸面朝虎丘山，威风凛凛地蹲在那里，好像专门等石老虎下山来较量一番似的。

不久，石老虎果真又下山来吃人了。它刚走到山塘街就看见一只石狸，走不远又看见了一只石狸，心里有点怕了：“啥！我的克星来了！看起来前面还有不少哩。那我怎么打得过它们？”它越想越害怕，头也不敢抬，脚也发软了，连忙夹起尾巴逃回虎丘山，再也不敢下山来了。

原来，狸是一种凶猛野兽，似豹似猫，俗称“豹猫”。它们能成群结队地战胜号称山中之王的老虎。这石狸是高手雕出来的，像真的一样，自然可以把石老虎吓退了。

石老虎被治服了。每年春天，到虎丘去白相的人又多了起来。大家还特意从阊门外山塘街走过去，一边走，一边数石狸，一只、二只、三只……当数到第七只时，就到了虎丘哉。于是就有了“七狸山塘到虎丘”的说法。因为，从阊门到虎丘的路程也大约是七里，“狸”与“里”同音，这样一语双关，说是“七狸山塘”，也是“七里山塘”了。直到现在山塘街上仍置有七只石狸呢！

潘君明　采录整理

**注解：**

①白相：苏州方言，即游玩。

# 锦帆路

**锦帆路位于苏州城内干将路乐桥东堍南侧，原名叫“锦帆泾”，是一条河道，后填河成路，故名锦帆路。这路名十分雅致，很有诗情画意。那么，因何用“锦帆”做路名呢？有个历史故事。**

话说吴王夫差战胜了越国，又得了美女西施，以为万事大吉，于是大造宫殿楼阁，游玩享乐。为了供西施游赏，他在吴宫周围的护城河边遍栽桃柳，河中种满莲藕。每年春天，两岸桃红柳绿，风光艳丽；夏天到来，河中荷花盛开，红白相映，满河清香。

某年夏天，夫差带西施在河中泛舟采莲。西施思念故国，情不自禁地把采来的莲子，剥去皮，也不去心，就塞到嘴里去吃。夫差见了十分着急，劝阻道：“莲心味苦败胃，爱妃何以偏食至此？”西施见问，不好说明真情，皱皱眉头，故意说：“大王不知我心头之忧。唉！人生易老花易落，眼下风光虽好，到了寒冬腊月，百花凋零，河面上就冷冷清清了！”夫差哈哈大笑，说道：“我道是为了什么，原来爱妃要春天常驻，此事寡人也能办到。你等着看吧！”

于是，夫差命人用五颜六色的绸缎制成各种漂亮的花朵和叶子，到秋末冬初，把它们缀到树上、河中。数九严冬，城河里仍有红艳艳的荷花和绿盈盈的叶子。这样一来。吴宫四周俨然四季如春了。

西施见吴王对她有话必依，不觉心中暗喜，便对夫差说：“大王能令腊月里百花齐放，自古未有。可惜我们画舫上没有这些奇花异草，未免美中不足！”

夫差听了，马上又命人用锦绸织起各种花卉，缀在船帆上；其中一艘画舫的帆上缀有金碧辉煌的牡丹，专门给西施乘坐。这些锦帆船一下水，河道中五颜六色，好不艳丽，人们便将这河道称为“锦帆泾”。

吴王荒淫无度，国力渐衰。十年以后，吴国就被越王勾践打败了，夫差落了个自刎而亡的下场。

吴国亡了，这条城河却留了下来，依旧叫“锦帆泾”。后来填河成路，就称为“锦帆路”。

杨彦衡　采录整理

# 白公堤

**白公堤，即现在的山塘街，因是唐代苏州刺史、诗人白居易发动民工所筑，极大地方便了游客去虎丘白相。苏州百姓为纪念他，尊称其为“白公堤”。请看下面的故事。**

苏州阊门外有条七里长街，叫山塘街。旧时，苏州人到虎丘去白相，这条长街是必经之路。山塘街又叫“白公堤”。为啥叫“白公堤”呢？因为是白居易修筑了这条长街。

白居易是唐代的诗人，在唐敬宗宝历年间被派到苏州来做官。白居易喜欢苏州的风景名胜，对百姓的疾苦也非常关心。这天，白居易想到虎丘山去白相，吩咐家人准备船只。家人说：“山塘河早就淤塞了，船不能开，还是骑毛驴去吧。”于是，白居易骑着毛驴，出了阊门，沿着河塘边走去，走了一二里路光景，路就不好走了，高高低低的，有的地方垃圾成堆，十分肮脏，有的地方低洼积水，一片泥浆，小毛驴一脚高一脚低的，几乎把白居易颠了下来。看看前面，路况更坏，根本不能再走了。走在路上的百姓，也踮起了脚尖，小心翼翼地走着，人人口出怨言，责怪官府不修路。白居易看到这些情景，心中很不是滋味。他想：苏州是个好地方，虎丘是苏州的象征，这条路怎么这样难走？他没有了游兴，就赶着毛驴回家了。

白居易回到家里，因为没有白相成虎丘，心里很不愉快。他想到了老百姓，到虎丘去白相也难呐，这条路该修修了。第二天，白居易来到官府，找来几个老衙役一了解，才知道多少年来，山塘河从未疏浚过，山塘街从未修筑过。白居易决心修筑山塘街，他筹集银两，组织民工，一面疏浚山塘河，把河里的淤泥挖起来，铺在河岸边，修成一条平坦的路。这样，河道疏通了，路也铺平了，水路可以行船，陆路可以骑马，交通方便多了。为了防止街上的泥土冲入河内，还筑起坚固的堤岸，在堤岸边种上了桃树、李树，在塘河里种上了荷花。春天一到，桃李盛开，景色迷人；夏天一到，荷花盛开，清香扑鼻，此路成为一条风景优美的路了。这条路叫什么名字呢？因通往虎丘山寺，故名山寺路；又因是近虎丘山而沿着塘河，又名山塘街。

白居易为苏州人民做了一件好事，人们不会忘记他，就将这条路尊称为“白公堤”，堤上有一座桥，叫“白公桥”，桥边还建了“白公祠”，挂有白居易人像，一并来纪念他。

潘君明　采录整理

# 苏公弄

**苏州城东定慧寺巷内有条小巷，名叫“苏公弄”。苏公，就是宋朝的大学士苏东坡。苏东坡不是苏州人，也没有在苏州做过官，这条小巷，怎么命名为“苏公弄”呢？**

原来，在小巷里有座寺庙，叫定慧寺。定慧寺内的住持和尚叫守钦，学问很深，既精通佛经，又会诗词歌赋。苏东坡博学多才，对佛经也深有研究，所以他喜欢与和尚交朋友，特别是具有学问的和尚。他在杭州做官时，认得了杭州灵隐寺的高僧佛印和尚。佛印与守钦是好朋友。经佛印介绍，苏东坡与守钦也认识了，并且成为好友。两人经常诗书来往，交情非常深厚。

苏东坡诗词写得好，有几首诗讽刺了朝政，因此得罪了皇帝，被贬到边远地区广东惠州去做个小官。苏东坡有个儿子叫苏迈，住在宜兴，想寄书信给父亲，苦于路途遥远，未能寄去。守钦和尚知道以后，立即派人到宜兴去取信，自己也专门写了《寒山十颂》诗，派徒弟专程送到惠州去给苏东坡。

苏东坡收到家信和守钦和尚的诗，心里十分感动，守钦真是佛门知己呀！他立即写了陶渊明的《归去来兮辞》的条幅，回赠给守钦。守钦收到了苏东坡的墨宝，心里非常高兴，叫匠人刻石，砌在定慧寺内的墙壁上，永久保存。后来，苏东坡被调到常州去做官。常州离苏州很近，苏东坡常来苏州，与守钦和尚饮酒吟诗，十分投机。为此，守钦和尚在寺内专门造了一间房子，取名“啸轩”，供苏东坡居住，苏东坡就成为定慧寺的常客了。

苏东坡逝世以后，后人为了纪念他，就将苏东坡住过的“啸轩”改建为祠堂，称为“苏公祠”，堂内刻着苏东坡的人像。这条小巷的名称，也就叫“苏公弄”了。

潘君明　采录整理

# 八宝街

**定慧寺巷内有条小巷，名叫“八宝街”。这条街虽然短小，却很著名，几乎是家喻户晓。究其缘由，这里头有个神秘的故事。**

传说，元朝末期，皇帝昏庸，朝政腐败，各地英雄纷纷起义，反对朝廷，要推翻元朝统治。苏北兴化的盐贩张士诚，与他的弟弟士德、士信等十八人率领盐丁起义，攻占了高邮、泰州等地后，又挥军渡江南下，攻克了平江（今苏州）、松江、常州等地。元至正二十三年（1363），自称吴王。

在各地的起义军中，朱元璋的实力最为强大，他为了统一天下，建立大明王朝，派徐达为大将，攻打苏州。几次交战以后，张士诚损兵折将，已难以自保。他考虑到破城在即，就将宫中的珍贵宝物收藏起来，主要是八样珍宝，称为“八宝”，集中装在甏内，共装了九缸十八甏。但是，埋在哪里呢？叫谁去埋呢？他考虑再三，决定将宝物埋在吴王桥河边一处使人不起眼的地方。他挑选了几十名心腹卫士，为怕他们知道地点，就将他们蒙上眼睛，在黑夜里出宫，还在城内外绕了几个圈子，然后来到埋宝之处，将宝物埋好。

不久，徐达攻破苏州，张士诚兵败自杀，宝物却安然无恙。后来，埋宝人中有个贪财的人，想去掘宝，他凭着自己的记忆，在那里转来转去，有人问他：“你在这里干什么？”他就把埋藏珍宝的事讲了出来，大家这才知道这地方埋有“八宝”。此后，寻宝、掘宝的人络绎不绝，但都没有获得结果，什么宝物也没有找到。倒是有些相信风水的人，认为埋有宝物的地方是个福地，住在那里会发财吉祥。所以，大家愿意在那里买地造房，居住下来。以后便形成了街巷，这街就取名叫“八宝街”。

潘君明　采录整理

# 张思良巷

**张思良巷位于苏州城内十全街西端北侧，是一条幽深、狭长的小巷。讲起这个巷名，有一个发人深省的生活故事。**

有一位姓张的读书相公，三岁死了爹，全靠娘亲含辛茹苦地把他抚养成人。按理，张相公对老娘应当十分孝顺，可惜他读书不明理，墨水当马尿喝了，待老娘一点不好，等到讨了老婆，更是拿个老娘青菜不当萝卜，好菜好饭夫妻俩自己享用，馊粥馊饭给老娘吃，简直把老娘当成了泔脚钵头[①]。

某年中秋节，张相公发现少了两只月饼，硬说是老娘偷吃掉的。老娘含着眼泪告诉他，月饼是家里一只大黄狗衔走的。张相公不相信，说："狗会看门，狗吃了倒也罢了，只怕给只会吃不会做的人吃了，那才真正是浪费。"老娘一听，气得瑟瑟发抖。她明白了：原来儿子嫌她年迈老衰，做不来事，把她当累赘了！老太太想不开，摸出家门，准备投河自尽。

她来到山塘街普济桥，正要跳河，幸亏命不该绝，给一个路过的老尼姑碰上了。老尼姑问明情由，叹了口气，说："阿弥陀佛！我那庵堂，年年月月不知有多少善男信女来给送子观音烧香磕头，求个后代。送子观音怎会料到，她送到世上的小囡[②]，竟会有像你儿子这样的逆种！你不必自寻短见，且随我回庵再计较[③]吧。"老尼姑将张老太领回庵堂里，收拾出一间清静屋子让她栖身。

张相公对老母亲离家出走毫不着急，反倒觉得甩掉了一个包袱，

夏维淳　绘

心里暗暗高兴。不过，张相公也有不高兴的事，就是娘子进门三年，还未曾有“喜”。他怕绝了后，听说虎丘山下庵堂里的送子娘娘蛮灵验，就备齐了香烛供品，与娘子一起雇只小船，“咿呀咿呀”一路奔虎丘而来。

船在庵堂前的码头边停靠下来，正巧张老太在庵堂门前扫地，一眼认出来自己的不孝之子，忙倒掩扫帚，逃进庵堂，对老尼姑说：“师太救我！那忤逆种寻到这里来了，不知他要怎样对我呢！”老尼姑叫她躲进屋去，自己忙出门来看。看来人的模样，不像是来寻事惹非的，十有八九是来求拜送子观音的。老尼姑眉头一皱，有了主意，她跑进观音殿，拿支墨笔在送子观音额上画了三道皱纹。张相公夫妇踏进观音殿，看见观音额上多出了几道皱纹，感到十分奇怪，愣在那里。老尼姑笑眯眯地开了口：“施主，你们是来求子的吧？唉！你们来晚了一步，只怕送子观音不肯施舍小囡到尘世去了。昨晚送子观音托梦给我，说她自己老了，也需要小辈照料侍候了。她看到人间有些老人，辛苦一世把儿子抚养成人，儿女长大后却嫌老人讨厌。所以她心灰意懒，不想再给尘世添孽子了！送子观音还叮嘱贫尼，若有人再来求子，就告诉他，求子先要敬老，不敬老人，还是不要有儿子的好，免得以后儿子长大了，学他的样，也是个孽障！”

老尼姑话未说完，张相公夫妇早已面红耳赤，汗流浃背，哪里还待得住，急急忙忙溜了。

张相公夫妇回到家里，商量来商量去，决定把老娘寻回来，好好侍奉。可是，到哪里去把娘找回来呢？张相公毕竟是个读书人，蛮会动脑筋，他拿一张纸，写了“思娘”俩字，贴在大门上。他想，苏州人喜欢看稀奇，传稀奇，看到的人一定会一传十，十传百，说不定能传到娘耳中，娘念他有悔过之心，就会回家来了。

后来，张老太回家了没有？张相公夫妇得子了没有？无从查考。但从此以后，张相公居住的那条弄堂，就被人称为“张思娘巷”；日子一长，读别了音，“娘”读成了“良”，这条弄堂就叫作“张思良巷”了。

卢群　采录整理

**注解：**

①泔脚钵头：苏州方言，指垃圾堆。

②小囡：苏州方言，即小孩。

③计较：苏州方言，即打算。

# 二、山水篇

# 虎丘山名的由来

**虎丘山，简称虎丘。在苏州阊门外山塘街西端。虎丘的得名，传说众多。一说是吴王阖闾葬后三日，有白虎蹲在山上，故名虎丘；一说是山形像只老虎，所以叫虎丘；一说是秦始皇上山游玩，见到一只老虎，用剑劈去，老虎变成了石头，遂名虎丘。下面的故事从第一说，较为传统。**

虎丘山原名海涌山，顾名思义，是海上涌现出来的一座小山，故名海涌山。那么，后来为什么不叫海涌山而叫虎丘山了呢？这与山上出现的白虎有关。

相传，在春秋战国时代，吴国在苏州建都。吴王阖闾死后，阖闾的儿子夫差继承了王位。那时，国王死后，不仅葬礼十分隆重，而且要选择一块风水好的墓地。阖闾是诸侯中的霸主，更是要讲究这些。阖闾究竟葬在哪里呢？在选择墓地时，夫差叫掌管风水的大臣去察看地形。风水大臣察看后回来说："海涌山那里最好，是虎踞龙蟠之地。虎踞者，山似老虎形状；龙蟠者，山下原为海洋，是蛟龙潜伏之所，是一块难得的墓地，葬在那里最好。"

于是，夫差立即调集民夫，在海涌山下深挖墓穴，建造墓室，把阖闾葬在山下，并用许多金银宝物和三千把名为"鱼肠""扁诸"的宝剑作为随葬。葬毕，夫差和两个大臣在山上守墓。第三天早上，两个大臣到墓前去焚香磕头，发现墓上蹲着一只老虎，两耳竖起，两眼闪

夏维淳　绘

光，凶势逼人，十分威严。两个大臣吓得心惊肉跳，急忙去告诉夫差。夫差出来一看，果见山顶上有只老虎，但走近一看，老虎却不见了。派人到山上去寻找，也找不着。夫差心中十分疑惑，想：父王葬后三日出现老虎，不知是凶是吉？就把掌管风水的大臣叫来，要风水大臣做个解释。

风水大臣一听，当即满脸笑容，乘机奉承道："恭喜大王，这是一个吉祥的兆头，虎者，兽中之王也，雄踞高山，威震四方，象征着大王的千秋霸业，各国诸侯都要臣服于大王。"夫差一听，心中十分高兴，但转而一想，如今虎迹全无，这又怎样解释呢？便问道："现在山上找不到老虎，不知是何道理？"

风水大臣道："大王所见的老虎，乃是山中之精灵所化，并非真虎，故而不可能找到。大王可以回想一下老虎的形状，命工匠凿一只石老虎放在山上，叫它永踞此处，大王也可以永葆霸业。"

夫差本想永当霸主，听风水大臣这么一说，正中下怀，立刻命人找来一个灵巧的石匠，凿了一只石老虎，放在山上。从此，过路的行人远远望去，就可以看见一只栩栩如生的老虎蹲在山上，人们便称之为"虎丘"。时间一久，大家不再叫"海涌山"而叫"虎丘山"了。

潘君明　采录整理

# 狮子回头望虎丘

**虎丘山在苏州城西北，山形像只老虎；在苏州城西南有座狮子山，山形像只狮子。狮子身向东南，但它回过头来望着虎丘，俗称“狮子回头望虎丘”。它为啥要回头望虎丘呢？有个神话故事。**

虎丘山上的石老虎蹲的时间长了，吸收了天地之灵气，日月之精华，变成了一只有灵性的老虎。平时，它蹲在那里，像睡着了一样，一动也不动。可到了春天，桃花红了，杨柳绿了，草木青了，虎丘山的游人多了，就把石老虎闹醒了。它睁开两只火眼金睛，东面张张，西面望望，这景色真是太漂亮了。它想下山去白相，于是，它浑身一抖，脚爪发痒，长啸一声，变成了一只活老虎，冲下山来。

这只石老虎生性野蛮，冲下山来之后，只要看见行人，就吼叫一声，猛地扑将过去，抓住了人就吃，吃饱了以后，才慢慢地回到山上去。一年、二年、三年……年年如此。这样一来，到虎丘去的游人就少了，甚至没有了。人们怨声载道，都恨这只石老虎，总希望有人能制服它。

有一年春天，石老虎又下山来吃人了。正在这时，文殊菩萨骑着青狮，踏着祥云，在虎丘山上空经过。青狮听到老虎的吼声，又听到行人的哭喊声，就眼睛向下一望，发现一只老虎在吃人。青狮是被文殊菩萨驯服过的，经过几千年的修炼，也知道除恶扬善，它把老虎吃人的事记在心里，到了洞府以后，向文殊菩萨提出请求，要去除掉那只老虎。文殊菩萨同意了。但洞府有个规矩，必须在中午之前返回洞府，否则，就只能留在凡间了。青狮辞别了文殊菩萨，抖抖身子，长出了两只翅膀，直向虎丘山飞来。

这时，石老虎正在山下吃人。青狮看见后十分愤怒，放声一吼，声震山谷，出现在石老虎面前。石老虎一见青狮，知道来者不善，但它仗着自己的野性，不把青狮放在心上。青狮眼睁睁地望着石老虎，说道："我是文殊菩萨的坐骑，知道你在这里吃人，作恶多端，今天特来除掉你。"石老虎根本不听，猛地扑将过来，青狮也早有准备，竖起前爪，猛地扑将过去，一会儿老虎咬住了青狮的毛发，一会儿青狮咬住了老虎的尾巴，二者恶斗了好长时间，还是不分胜负。青狮想：再这样下去，时间拖得长了，我要来不及回归洞府，不如借助神火，将它烧死。于是，青狮张开大口，喷出了一股神火，直向老虎烧去。这一招果然有效，神火烧到老虎身上，老虎想躲也躲不开，在地上滚也无用，先是烧光了毛发，再是烧焦了皮肤，接着，把骨肉都烧酥了。石老虎原是青石凿成的，石头化成了岩浆，溶进了虎丘的山石之中。

青狮除掉了吃人的老虎，心里十分高兴，它抖抖毛发，准备飞回到洞府去，但飞到天上，时间已将近中午时分，它越飞越重，因为超过了时间，失去了神力，再也飞不动了。它回过头来看看虎丘山，心想：除去了石老虎，虎丘山又成为人间的好地方了。这时，突然"轰"的一声，青狮掉了下来，变成了一块巨石，落在苏州城西面。这巨石越长越大，成了一座小山，完全像一头狮子的形状，所以取名叫"狮子山"。因为狮子的头望着虎丘山，叫作"狮子回头望虎丘"。

潘君明　采录整理

# 断梁殿

**断梁殿，即虎丘的二山门。这是一座古代建筑，面阔三间，进深二间，单檐歇山顶，双扇将军门。殿内正梁用两根木头接合而成，故又称“梁双殿”。为什么正梁要用两根木头相接呢？有个智慧故事。**

虎丘山的二山门，在唐代就有了。到了宋代，因为年久失修，倒塌了。到了元代，虎丘山寺的和尚要重造二山门，和尚想造得好一点，请官府拨些银子，官府报告了皇上。皇上一听，说：“苏州是个富裕的地方，造个小小的山门，还要我皇上拿出银子来，真是岂有此理。”但转而一想，虎丘山是佛寺，造山门是修行积德，不给一点银子也不好。皇上的眼珠子一转，心里就有计了，便说道：“这样吧，造御花园时多下来的零星木料，拿去造二山门吧。你们苏州出能工巧匠，就用这零星木料造山门，造得好，寡人有赏，造得不好，要定罪论处。”苏州的官员听了皇帝的话，不敢违抗，只得把零星木料运回来，交给了虎丘山寺的和尚，并传达皇上的旨意：只准用这些零星木料造山门，造得好，皇上有赏，造不好，皇上要定罪论处。和尚拿到了木料，因为是皇上赐的，心里倒也高兴，口中连说：“是！是！是！”

虎丘山寺的和尚请来一帮木匠师傅，开始建造二山门，并把皇上的话也讲了一遍。木匠师傅听了，心中不以为意，认为一座二山门，不是什么大建筑，笃定可以造好。他们来到堆木料的地方，看看量量，量量看看，感到木料倒是不少，但尽是短木，就是找不到一根长木料，缺少一根正梁。这时，木匠师傅感到皇上的刁钻促狭[1]了。没有正梁，怎么造山门？木匠师傅们感到难造了。不造罢，不但皇上要降罪，而且说明我们苏州木匠没本事；造罢，缺少一根正梁，怎么办？

木匠师傅聚集在一起，商量造山门的办法。商量来商量去，总感到没有正梁，山门难造。大家七嘴八舌，有的说："买一根正梁，瞒过皇帝老儿就是了。"有的说："那不行，皇帝老儿出的难题，想难倒我们苏州木匠，我们就是要争这口气，想办法造好二山门。"这时，有个称"赛鲁班"的老木匠，拿着一块木料，在地上拼拼搭搭，过了一会儿，他笑嘻嘻地讲："大家不要急，只要动动脑筋，总是有办法的。没有长木料，照样可以造山门。"他指着自己搭好的积木说："你们看，正梁可以用两根木料接起来，下面竖起两根顶梁柱，这样梁架跨度小，负重轻，不就可以了吗？"大家一看，果然不错，称赞这个办法想得好，解决了一大难题，真不愧是"赛鲁班"呀！于是，大家照着"赛鲁班"搭的样子造起来。

二山门造好以后，外观美观大方，内部坚实牢固。站在殿中仔细看正梁，中间明显有一道缝隙，好似正梁断了，所以，二山门又被称为"断梁殿"，又因为正梁是两根，所以也称"梁双殿"。后来，苏州的官员报告了皇上，说虎丘的二山门造好了，正梁是用两根木料接起来的，在建筑上别具一格。皇上听了，也就没有办法了，只得做了点赏赐，并称赞苏州木匠聪明能干。从此，苏州木匠的名气更响了。

潘君明　采录整理

**注解：**

①刁钻促狭：苏州方言，即阴险、捉弄人。

# 憨憨泉

**憨憨泉在虎丘二山门内上山路左边。那里有一眼古井，井水清冽，为山上和尚主要饮水之源，虽大旱之年也不竭。山上怎么能挖出井来呢？有个神奇的故事。**

相传，在很久很久以前，虎丘山上没有水，寺里和尚们吃水、用水，都要到山脚下去挑。因为挑水很吃力，谁都怕这个差使，寺里就专门订了一个规矩，哪个和尚新来，就由哪个和尚去挑水。

梁代天监年间，有个十二三岁的孤儿，双目失明，无人抚养，于是到寺里来落发做和尚，这挑水的担子也就落在这个小和尚身上了。小和尚虽然双目失明，但做事却非常勤奋，只要做过一次，他就记在心里，不会忘记，下次再做。小和尚有一股憨劲，样样事情都做得很出色，所以，大家给他起了个名字，叫“憨憨”。

憨憨和尚每天到山下来挑水，挑了一担又一担，挑得吃力了，就坐下来休息。他常常想：要是山上有一眼泉水，那该多好呀，可以不要下山挑水了。他白天想，晚上想，想得入了迷。有一天晚上，他闲着无事，到后山去白相，走到后殿的菩萨身旁，忽然听见有人说道：“小和尚，小和尚，一天到晚挑水忙，要找泉水也不难，只要用心去寻访，山上泉水通海底，泉水就在山脚上。”小和尚问谁在说话，可无人答应。他感到奇怪，心想，莫非是菩萨在暗示他，叫他去寻找泉水。这天晚上，小和尚翻来覆去睡不着，一心在想如何去找到泉水。

第二天天刚亮，憨憨和尚又下山去挑水了。他一边挑，一边想，泉水究竟在哪里呢？当他想到“泉水就在山脚上”时，心里猛然省悟，一定是在山脚边上。于是，他在山脚上注意寻找。他挑完了水，在山脚上东走走，西溜溜，一会儿用手摸摸石头，一会儿用手摸摸地上。忽然，他摸到一块草丛，心里可高兴了。他想：干燥的地上不长草，有草的地方定有水。于是，他用手指去挖，挖呀挖，手指甲都挖破了，流血了，终于挖出了一个小潭，有一尺来深。他感到手指十分疼痛，再也挖不下去了。等了一会，他决心还是要挖，不见泉水不罢休，当他的手再伸到小潭里时，小潭里已经积满了水。这一下，小和尚可高兴啦，他赶紧用双手去捧了一点水，送到嘴边喝起来，呵，泉水凉凉的，多好喝；再捧一点水，擦洗自己的脸，当他洗到双眼处，眼上的云翳没有了，眼睛发亮了，翠绿的树林，鲜红的花朵，姜黄的庙墙，都在眼前出现了。憨憨和尚高兴得跳起来，马上去报告方丈，方丈也感到奇怪，忙到泉水边来观看，只见泉水还在冒出来。于是，方丈命人在那里开了一眼井，因为是憨憨发现的，故取名叫“憨憨泉”。

据说，憨憨泉直通大海，永不枯竭，所以，又叫“海涌泉”。

潘君明　采录整理

# 试剑石

**试剑石在虎丘上山路右侧。地上有一块椭圆形的大石，长2米许，宽1.4米，中间有一条笔直的裂缝，像刀剑劈出来的样子。这就是著名的“试剑石”。那么，剑是谁造的呢？石是谁劈的呢？在民间，流传着干将铸剑、吴王试剑的故事。**

干将是吴国人，家住在阖闾城（即今之苏州城）的匠门内。他善于炼铁，是一位著名的铁匠。他的妻子莫邪，也懂得炼铁，是干将的得力助手。

当时，吴国与齐国不和，几乎年年都要打仗。齐国想灭掉吴国，吴国想灭掉齐国，两国打来打去，一直不分输赢。有一年，齐国的国王得到一把宝剑，名叫“属镂剑”。这剑有一尺来长，拔出剑鞘，寒光闪闪，斩铁断石，锋利无比。齐王想：齐国有了这样好的武器，还怕吴国吗？保管叫吴王向齐国称臣。齐王就派了使者，带着属镂剑，到吴国去见吴王阖闾，逼他向齐国称臣。

齐国的使者见了吴王阖闾，可神气啦。他厉声说道：“我家大王有令，齐国拥有像属镂剑这样好的兵器，谅你吴国没有。”说罢，随身拔出宝剑，向着台阶上的石条用力劈去，石条立即被劈成两段。吴王的一班文武大臣看了，个个面面相觑，十分惊讶。齐国的使者非常得意，又说：“奉劝吴王向齐国称臣，年年进贡，岁岁来朝，否则，我国将发兵打将过来，杀得吴国鸡犬不留，那时悔之晚矣！”

吴王阖闾神态自若，对齐国使者说道："你休口出狂言，此种小剑，我吴国多得很，谁说吴国没有，你暂且住下，等候看剑。"

齐国使者走后，吴国的文武大臣都十分着急："我们哪里有如此锋利的宝剑？"吴王阖闾道："我吴国百姓聪明智慧，自有能人，明日贴出皇榜，招募良师，何愁铸不出这种宝剑来。"

第二天，宫墙上贴出了招募铸剑良师的皇榜，看的人围了一大堆。干将、莫邪夫妻听到了这个消息，也急匆匆地赶来看皇榜。夫妻俩一边看，一边商量，决定应募铸剑，随即把皇榜揭了下来。吴王阖闾听说有人揭了皇榜，心中非常高兴，立即召见了干将、莫邪，命他俩在半月之内铸出宝剑，在齐国使者面前扬扬威风。

干将、莫邪回到家里，马上采集良铁，精心配料，日夜升火铸造，不到半个月，就铸成了五把宝剑，献给吴王。干将道："禀大王，这五把宝剑三长两短。三把长的，一叫巨阙，一叫湛卢，一叫胜邪；两把短的，一叫鱼肠，一叫吴钩。长的为三尺七寸，短的为九寸半。这剑是精炼而成，能吹毛断发，削铁如泥，锋利无比，大王不信，可以一试。"

吴王听罢，马上拔下一根头发，放在宝剑的锋刃上，用嘴轻轻一吹，果然即断，不禁连连称赞："好剑！好剑！"吴王一面厚赐了干将夫妇，一面吩咐，明日在虎丘山上会见齐国使者。

第二天，吴王阖闾带着五把宝剑和文武大臣，浩浩荡荡地来到虎丘山。他站在虎丘山上，等齐国使者一到，就说道："贵国有了一把属镂剑，就自以为了不起，这种宝剑，我吴国多得很！"吴王一边拿出五把宝剑，一边说道："请看此剑的厉害。"说罢，吴王握了一把长剑，对着一块椭圆形的大石，往下轻轻一劈，只听见"哗"的一声，大石立即分为两爿。两边文武百官齐声喝彩，齐国使者看得目瞪口呆。这块大石，就是现在虎丘山上的"试剑石"。

吴王阖闾对齐国使者说："回去告诉你家大王，吴国不是好惹的，若要派兵前来，吴国定用此剑迎候。”

齐国使者吓得喏喏连声，想乘机溜去。吴王喝道：“且慢！你把属镂剑留在此地，做个纪念吧。”齐国使者自知不是吴王的对手，只得把宝剑留了下来。

后来，吴王阖闾又命干将夫妇炼了三千把扁诸、鱼肠剑，作为防敌之用。从此，干将夫妇铸剑出了名，干将被称为“铸剑大师”。

干将死后，人们为了纪念他，把匠门叫作干将门。在干将住过的地方还竖立了牌坊，叫作干将坊。直到现在，那里的路还叫干将路呢！

潘君明　采录整理

# 仙桃石

**仙桃石在虎丘上山路上试剑石的斜对面。那里有一块形似桃子的石头，高1.5米，宽1.68米，真是一只大仙桃了。讲起这只仙桃的来历，有个神话故事。**

传说，有一年七月，王母娘娘开蟠桃会，邀请众仙赴会，赏吃蟠桃。这种蟠桃，专门种在玉帝的御花园内，三千年长大，三千年开花，三千年结果，吃了可以长生不老。

这时，孙悟空被封为“弼马温”，在天庭为玉帝养马。他听到王母娘娘开蟠桃会的消息，心里好不高兴。他想：我老孙最喜欢吃桃子，何不也去赴会，弄两个桃子吃吃。说去就去，他吹口气，化作一朵祥云，踏上云头，来到御花园门口，但见各路赴会的神仙，相互打躬作揖，进入园内。孙悟空跟在后面，也想进去，却被两个守门的仙女拦住，仙女问道：“今日是娘娘开蟠桃会，请的是各路神仙，你是何人，竟敢进入园内？”

孙悟空道：“我老孙是玉帝封的‘弼马温’，怎么不能进去？”

两个小仙女哈哈大笑，说道：“弼马温是个养马的小官，怎么与神仙相比，不可进去！”

孙悟空想：你们不让我进去，我老孙偏要进去。于是变作一只蝴蝶，飞进园内，但见王母娘娘坐在中间，两边坐着众仙，每人面前放着一只蟠桃。众仙有说有笑，唯有老寿星年纪大了，精神不足，在打瞌睡。孙悟空一看，计上心来，立即来到老寿星身后，悄悄地把蟠桃偷了

夏维淳　绘

就走。

王母娘娘请众仙吃蟠桃。老寿星醒来一看，自己的蟠桃没有了，忙问：“谁拿了我的蟠桃？”众仙道：“各人都有一只，谁来拿你的蟠桃。”老寿星张开神眼一看，发现远处云朵里的孙悟空，偷了他的蟠桃，正在向下界逃去。他立即离开座位，拿了拐杖，紧紧地追赶上去，追呀，追呀，一直追到虎丘山上空。孙悟空回头一看，发现老寿星已经追到身边，心想：蟠桃在我手里，不如把它吃掉了事。他刚把蟠桃送进嘴里，老寿星已经一拐杖打来。孙悟空连忙叫声“看老孙的金箍棒”，刚一张口，蟠桃从嘴里落下去了，正好落在虎丘山枕头石旁边。蟠桃在天上是鲜的，落在人间的地上，就变成了石头。从此，虎丘山上多了一个名胜——仙桃石。

潘君明　采录整理

# 枕头石

**枕头石在仙桃石北边，是一块狭长形的圆石，长3.1米，宽1.2米，就像个枕头的样子，石上刻有“枕石”两字。有些人在石上丟①石子，为什么呢？有个十分有趣的故事。**

传说，有一年春天，唐伯虎到虎丘山上去白相，在山上兜了一圈，感到有点吃力，就走下山来，在试剑石上坐着歇息。他看到对面有块大石，可以戤戤腰，就跑过去戤在石头上。由于石头比较高，唐伯虎的头部正好枕在石头上，枕着枕着，他觉得蛮舒服，就呼呼地睡着了。

这时，祝枝山也到虎丘山上去白相，走到那里，一眼看见了唐伯虎，他去拉拉唐伯虎的衣襟，叫醒了唐伯虎，并笑着说道：“你老弟真会白相，把石头当作枕头，睡得真香呀。”唐伯虎见是祝枝山，说道：“你说得对呀，此石狭长圆形，真像是一个枕头，我睡得蛮舒服的。哦，此石尚无名称，倒不如就叫作枕头石吧”。祝枝山仔细一看，那石头确实像个枕头，说道：“老弟说得极是。”唐伯虎说道：“祝兄游兴正浓，你何不书此三字，给此石留个名字，日后也好叫人白相。”祝枝山就挥毫写了“枕头石”三字，请人刻在石上。从此，这石头就叫作“枕头石”了。

第二年春天，唐、祝两人带了妻子同去白相虎丘山，走到枕头石旁边，谈起往事，说说笑笑。这时，唐、祝两人的妻子都已怀孕，祝枝山便又开起玩笑来了，说：“小唐，‘枕头石’是同枕共眠之物，你我何不来占卜一下，夫人到底是生男还是育女。你看这石头中间是凹进去的，可以厾得上东西。我和你把石子厾上去，石子厾在石头上，夫人生男的；石子掉下来，夫人生女的，可好？”唐伯虎本来喜欢白相，就说道：“好呀！”于是，祝枝山先厾，石子掉下来了；唐伯虎后厾，石子厾在石头上。后来，正巧祝枝山夫人生了个女孩，唐伯虎夫人生了个男孩。于是都相信占卜是准的了。

这事流传开来，一些好事的人十分相信，那些怀孕的夫妇到虎丘山上去白相时，总要往枕头石上厾石子，用来占卜自己是生男还是生女。久而久之，就形成了一种习俗，也成为一种游兴了。

潘君明　采录整理

**注解：**

①厾：苏州方言，扔的意思。

# 千人石

**千人石在虎丘山半山腰。这块由南向北倾斜的大磐石，面积二亩许，堪称是巨石了。石上有暗红色的斑斑影痕，传说是造墓工匠流下的血迹，一到下雨天，雨水洒在石上，血色更为明显。那么，石上为什么会有血色呢？有个悲惨的故事。**

吴王阖闾死后，他的儿子夫差继位。夫差继位后的第一件大事，就是要造吴王阖闾墓。经大臣们商量，决定由夫差和宰相伯嚭来主持造墓。当时，吴王阖闾是春秋末期的五霸之一，建造他的陵墓，一是要有一定的规模，用许多金银饰品和宝物随葬；二是墓室的设计要精密和隐蔽，不得使外人知道；三是要征集全国各地的能工巧匠，来造阖闾的墓室。墓室用石料堆砌，在石墙、石门上设计了许多机关，要求很高。于是，夫差召集了一千名石匠，专门来建造墓室。为防止泄露机密，规定石匠不准回家探亲，不准与外人接触，不准离开墓室一步。石匠们整整忙了三年零六个月，才把墓室造好。

夫差和伯嚭看了造好的墓室，十分满意。但看到一千个工匠，心中就犯疑了，墓室是他们建造的，里面设置的机关他们一清二楚，如果把他们放回去，墓室的机密不是全泄露了吗？要是他们来盗墓，不是轻而易举的事吗？想到这些，夫差心中郁郁不乐，不知如何处置为好，伯嚭跟在夫差后面，已经看出了夫差的心事，便略一思考，计上心来，他附在夫差的耳边说：“大王只要如此这般，不就解决了吗！”夫差听了点头称是。

第二天，夫差传下旨意：工匠们造墓室非常辛苦，立了大功，决定在大磐石上设宴犒赏，并观看鹤舞。工匠们听到这个消息后，个个欢欣鼓舞，奔走相告。晚上，大磐石上灯火通明，伯嚭叫人拿出了美味菜肴，抬出了陈年美酒，请工匠们畅饮。同时，组织宫娥彩女，跳起了优美的鹤舞。一时间，大磐石上热闹非凡，鼓乐齐鸣，仙鹤飞舞，欢声笑语，不绝于耳。正在大家高兴之际，伯嚭和夫差来了，伯嚭对大家说："大王特地来慰问你们，带来了御酒，要赏赐给大家，每人一杯，要一起饮下。"大家把酒倒好后，同时喊声"谢大王"，随即将酒一起饮下。只一会儿，一千个工匠全部倒了下去。

原来，夫差带来的御酒内放进了毒药，工匠们饮下毒酒，个个七孔流血，躺倒在大磐石上。大磐石上顿时血流成河，到处流淌，流进了石缝，浸透了石体。大磐石被血染以后，变成了殷红色。就这样，夫差、伯嚭为了保住墓室的机密，为了灭口，把一千个工匠全部毒死了。后人为了悼念死者，将那块大磐石取名为"千人石"。

潘君明　采录整理

# 点头石

**点头石位于虎丘白莲池中。白莲池中有块叠起的方石，高73厘米，正面宽70厘米，侧面宽73厘米，石上刻有两个大字“点头”。为什么叫“点头石”呢？有个生动的故事。**

有句俗语“生公讲经，顽石点头”。这句俗语的来历，就出在虎丘山上。

传说，生公是南北朝时候的一个和尚，俗姓魏，名叫道生，巨鹿（今河北省平乡）人。他从小出家，喜欢佛经。他的师父姓竺，叫竺法汰，是当代名僧。他跟随师父讲经，后从师姓，叫竺道生。他生性聪颖，佛经在手，一览能诵，十五岁即登台讲经。因他弘扬佛法，到处讲经，人们尊称他为“生公”。

生公进入佛门之后，一心钻研佛学，苦读经书。在师父的指导下，生公进步很快，成为一个才华出众、精通佛典的和尚。他在京城里讲经，不仅受到老百姓的欢迎，也受到皇帝的赏识。但是，在大臣中间，有些人对他十分嫉妒，生怕他取得皇上的信任，对自己不利。于是，他们就在皇帝面前说他的坏话，说他信的是邪教，讲的是胡说八道，并把生公赶出了京城，不许他在京城里讲经。

生公离开了京城，向南方云游。一日，他来到苏州，听说虎丘山寺香火极盛，就赶到了虎丘山，在山上讲经。人们听说过生公讲经，知道生公是个高僧，就纷纷来到山上听经，听的人越来越多，大磐石上都坐满了人，足足有千余人。所以，那块大磐石就叫“千人坐”。

生公讲经的事传遍了整个苏州。有人去报告了官府，官府一调查，生公是被京城赶出来的，他信的是邪教，讲经也是胡说八道。于是，官府就贴出一张告示：官民人等，一律不准听生公讲经；若去听了，定当重罚。这样一来，就没有人再去听生公讲经了。

生公讲经没人来听了，但生公并不灰心，天天坐在虎丘的大磐石上，仍旧在山上讲经。他见面前无人，就把附近的石头捡过来，一块一块地排列在面前，自己对着石头讲经。今天讲，明天讲，一直讲下去。讲到后来，奇怪的事情出现了，天上的鸟儿不鸣了，听生公讲经；山上的树木不动了，听生公讲经；池中的白莲花盛开了，听生公讲经。最奇怪的是，那一块一块顽石，一边听生公讲经，一边在频频点头。为啥呢？因为生公讲经讲得好，深入浅出，辨明事理，容易听懂，使人觉悟，所以，顽石听了也点头。这真是“精诚所至，金石为开”呀！现在的这块“点头石”，就是当年留下来的一块最大的顽石。

潘君明　采录整理

# 二仙亭

**二仙亭在虎丘千人石北面。那里有一座石筑的亭子，造型古朴，工艺精巧。亭内有两块石碑，刻着两个仙人像，一个是陈抟，一个是吕洞宾。为什么要刻他俩的人像呢？有个神话故事。**

传说，陈抟老祖云游天下，遇山必到，逢山必游。这一天，他来到虎丘山上，看看虎丘山虽然不大，却是小巧玲珑，景色优美，心里一高兴，就索性在千人石上坐了下来，尽情地欣赏山景了。

说来也巧，这天，吕洞宾也来白相虎丘山。他发现千人石上坐着一个老头，头戴一顶破草帽，身穿一套破衣衫，旁边还放着一根竹杖，像个叫花子的样子。他再仔细一看，不禁噗哧一笑，原来是陈抟呀。吕洞宾从背后过去，用脚踢踢陈抟，说道："你这个叫花子，装倒装得顶像，你可以瞒过别人，却瞒不过我'双口'呀。"

陈抟回头一看，见是吕洞宾，老朋友相见，真是高兴万分，就说道："我一个人已白相了半天，正无人相伴，你来得好呀，来，陪我在这里弈一局如何？"原来他俩是一对棋友，曾在岳阳楼上对弈过，被人识破，传为美谈。现在吕洞宾听陈抟说又要对弈，立即应承。陈抟在地上划好棋盘，抓来一把小石子，往棋盘上一撒，就变成了棋子，两个人就开始弈起来了。

再说，虎丘山脚下有个樵夫，经常到山上去砍柴，因他的力气大，挑柴用的是铁扁担。樵夫也是个棋迷，看见两个老头在那里对弈，不觉也来了棋兴，就把柴担停在旁边，把铁扁担往地上一插，全神贯注地站在旁边看棋。

陈抟和吕洞宾也不去睬他，只管下棋。一局棋下完，他们对樵夫说："辰光[①]不早哉，你也可以回家去啦。"樵夫从土中拔起扁担，发现扁担头已经烂掉了，不觉大吃一惊，回头再看两个老人，早已不见人影了。他急忙回到村里，却见不到自己的父母妻儿。再三寻问，村上人告诉他："有个人到虎丘山上去砍柴，一直没有回来，莫非就是你么？"这时，樵夫才知道：自己遇到的两位老者是仙人，世上已经过了好几代了，真是"山中方七日，世上已千年"呀！

后来，人们为了纪念这两位仙人，就在他们下棋的地方，造了一座石亭子，取名为"二仙亭"，并在石柱上刻了两副楹联：

其一：

昔日岳阳曾显迹；今朝虎阜再留踪。

其二：

梦中说梦原非梦；元里求元便是元。

直到现在，这个故事仍在人们口中流传。

潘君明　采录整理

注解：

①辰光：苏州方言，即时间、时候。

# 孙武亭

**孙武亭在虎丘千人石东南面的高丘上。有只八角攒尖顶的亭子，基座、栏杆和亭柱，用苏州金山石砌成，覆以“苏式”小瓦，飞檐翘角，造型奇美。亭下一片广场，传为孙武训练女兵之处，故筑亭以纪念。有个生动的故事。**

据说，孙武是齐国人，著有《兵法十三篇》。他流亡到了吴国，伍子胥知道以后，与他结为好友，并向吴王阖闾推荐，说孙武如何懂得兵法，如何会用兵打仗。阖闾总是不信，伍子胥一共推荐了七次，最后一次，阖闾才勉强同意见一面。见面以后，孙子拿出《兵法十三篇》，请阖闾阅读。阖闾读后，认为写是写得不错，但实际如何不知道，要试验一下。孙武道：“试验可以，我不但能训练好男兵，就是女兵也能训练好。”阖闾听了，心中感到好奇，就说道：“那好，我就给你二百名女兵，你给我训练一下，训练得好，我就拜你为将，要是训练不好，你就回家去种田吧。”孙武答应了。

阖闾在宫中挑选了二百名宫女，包括阖闾的二名宠妃。孙武将二百名宫女编为二队，命阖闾的二名宠妃当队长。在练兵场上排成队列，孙武随即宣布军纪：命令你们向左，不准向右；命令你们前进，不准后退。向左、向右、前进、后退，主要看我手中的令旗。如果违反军纪，要给予军法惩处。宣布结束，即开始训练。孙武站在指挥台上，手执令旗，指向左方。谁知，这些宫女以为是在做游戏，不把命令放在心上，有向左的，有向右的，也有站着不动的，相互对视嬉笑。孙武一看，即严肃地说："刚才我说的不够明白，是为将者的责任，现在我再说一遍，如果再不听从命令，要以军法论处。"接着，孙武又宣布了一遍军纪，然后用令旗指向右方，可这些宫女还是不听命令，尤其是二名队长，眼睛望着吴王阖闾，嘻嘻地笑个不停。后面的宫女见队长这样，也笑得前仰后翻。孙武一看大怒，大声喝道："我已经三令五申，你们还是不听，违反军纪，当队长的也不带头，造成队列混乱。"说到这里，孙武回头问军法官："违反军令，按军法如何处置？"军法官道："应当斩首！"孙武命人将二名队长捆绑起来，推出去斩首。

阖闾坐在看台上，一看要斩二名爱妃，心里急了，急忙走下台来，向孙武求情，说道："这二人是我的爱妃，你饶了她们吧！"孙武道："臣既已受命练兵，按军法行事，君命也有所不受。"说罢，立即叫人将二名队长斩首示众。同时，另挑二名宫女当队长，再行训练，这样一来，宫女们人人害怕，个个小心，令旗向左，队伍向左，令旗向右，队伍向右，队伍十分整齐，一点也不乱。经过几个反复，队伍操练得整整齐齐，很有威武的样子。阖闾看了，心里也十分高兴。

后来，吴王阖闾拜孙武为将。孙武与伍子胥一起打败楚国，北威齐晋，南服越人，为建立强大的吴国立下了汗马功劳。后人在他练兵之处专门筑个亭子，取名为"孙武亭"，作为纪念。

潘君明　采录整理

# 对照镜

**对照镜在虎丘剑池上面的双井桥上。桥上有两个圆洞，下面是剑池，池水澄清，可以照见人影。因两人可以同时照镜，所以又称“双照镜”。那么，这对照镜是谁想出来的呢？又是谁第一个去照的呢？请看下面的故事。**

苏州虎丘山剑池上有一顶石桥，桥上有两个像井圈一样的圆洞，大家叫它“双吊桶”，意思是像双井一样可以去吊水，是虎丘十八景之一。其实，它勿叫“双吊桶”，而是叫“对照镜”。怎么叫“对照镜”呢，还得从西施说起。

西施是越国的美女，长得如花似玉，好像天上的仙女。她来到吴国以后，天天在宫内伴随着吴王，吴王也离不开西施一步。

一天，西施想起了自己的家乡，青山叠翠，绿水迢迢，众鸟争鸣，百花喷香，多么美呀；而现在天天在皇宫内转来转去，举目不见青山，低头不见绿水，只有高墙深院，冷落宫殿，多么闷人呀！西施想到这里，心中郁郁不乐，愁眉不展。吴王一见西施这个样子，急起来了，就问道：“爱妃呀，你今日为何这样不乐？”

西施道：“天天在这皇宫内转来转去，就像蹲在鸟笼里一样，多闷人呀！”

吴王听后，哈哈大笑，说道：“苏州有的是名山，景致又好，寡人明日与你到虎丘山上去白相。”

第二天，吴王与西施来到虎丘山，西施东走走，西望望，心里十分高兴，不想回宫里去了，就对吴王说道："大王，这虎丘山不高不大，风景倒十分优美，比皇宫内好多啦，我真不想回去，要白相一个痛快。"

吴王道："只要爱妃高兴，寡人哪有不依之理。"就这样，西施与吴王在虎丘山上住了下来。

一天早上，西施梳妆打扮以后，走到剑池上面的石桥上，看见池水碧绿澄清，好似一面镜子。于是她就立在桥上，俯下身子望剑池，想从剑池中照自己的面容。吴王看见了，忙抓住她说："你这样照多危险呀，桥上又没有栏杆，别掉下去了。"西施想：剑池的水真比铜镜还清爽呢，大王不让我照，是怕我掉下去呀。西施是个聪明人，她想起了铜镜是圆的，假如在石桥上凿两个圆洞，从圆洞中望下去，不也可以照见人影么。西施把这个想法告诉了吴王，吴王当然高兴，立即叫来两个石匠，在石桥上凿了两个圆洞。圆洞凿好后，西施去照照，果然在水中清清爽爽照见了自己的面容。她去把吴王叫来，两人一同来到石桥上，对着圆洞向下望，只见池水中清楚地映出两个人并在一起的脸影，吴王高兴得不得了，连连夸西施聪明。

因为桥上是两个圆洞，两个人可以同时对照，所以就叫作"对照镜"。以后，凡是到虎丘山上去白相的夫妻、情侣，总要双双对对到"对照镜"那里去照一照，增添一份乐趣，增添一份甜蜜的回忆。

潘君明　采录整理

# 涌泉亭

**涌泉亭在虎丘后山的绿树丛中。那里有一眼古井，称为“涌泉”，并专门筑了一座亭子。这涌泉是怎么发现的？又是谁开凿的呢？有个神奇的故事。**

相传，在梁代天监年间，虎丘山寺内有个老和尚叫惠响。一天早上，惠响诵经完毕，到后山树林中去散步，呼吸新鲜空气。他走着走着，眼睛望着树上的风景，看着小鸟飞来飞去，脚下一不小心，跌了一跤，在地上爬不起来了。他伏在地上，耳朵贴近地面，好像听到地下有淙淙的声响。他感到奇怪，再仔细一听，是水流的声音。他想：虎丘山上原本缺水，吃水要到山下去挑，非常吃力，如果这地下有了水，那吃水就没有问题了。他一阵高兴，连痛也忘记了，急忙爬了起来，回到寺内，拿了一把铁锹，在那里挖呀挖，挖到二尺深处，突然间“哗”的一声，一股泉水从地底下喷涌而出，足有三丈多高。

他正在高兴之际，猛听见“吼”的一声，声震山谷，惠响和尚先是一惊，再循声一看，原来是一只凶猛的老虎，在远处的树林里。惠响和尚举起手中的铁锹，做好打虎的准备，然而，那只老虎调转屁股，走掉了。

原来，惠响和尚在挖地的时候，那只老虎出来觅食，泉水“哗”的一声喷涌而出，声音极大，水珠四溅，把老虎吓跑了。

后来，寺内和尚在这里挖了一口井，要取个泉名，叫什么名称呢？有人说这井泉是惠响发现的，惠响的弟子尊称惠响为“响师”，取名叫“响师泉”；有人说，泉水吓跑了老虎，可以叫“虎跑泉”；还有人说这泉水是从地下涌出来的，不如叫“涌泉”。这三种说法均有道理。后来在建造亭子时，在亭子的匾额上写了“涌泉”两字，就称为“涌泉”了。

潘君明　采录整理

# 灵岩山名的由来

**灵岩山在苏州城西南木渎镇旁，与天平山相近。在吴语中，“灵”是好的意思，形容“好得很”就说“灵得来”。灵岩山之所以被称为灵岩山，意思是山上的石头灵得来。那么，山上的石头是怎么灵的呢？民间有个传说。**

传说，古时候这里是座荒山，只长野草不长粮。山脚下住着一户人家，姓张，只有老夫妻两个，没有子女。

张老老懂点医道，山上又有草药，四邻八乡有人生了病，都来找他。他替别人看病抓药，从来不计较诊金，有就收两个，碰着穷人，一个铜钿也不要。张老老活到六十多岁，不知看好了多少病人，救活了多少人的性命。大家都称他“活神仙”。

这一天，众乡亲一起要来给张老老送匾，替“活神仙”扬扬名气，报答他对乡亲们的一片好心。大家一路上吹吹打打，向张老老家走来。

无巧不巧，这天，八洞神仙刚赴过王母娘娘的蟠桃会回归洞府，路过这里时，听见下面吹吹打打蛮热闹，都低头朝下看去。只见一座荒山脚下，草屋门前聚着一帮人，领头的一个老年人正在把一个竹竿插到门上去，那竹竿上挂着一块白布，白布上清清楚楚地写着三个大字：“活神仙”。

别的七位神仙看了，倒也不曾说什么，唯独铁拐李肚量小，脾气躁，跳了起来：“啥？一个凡夫俗子，也配叫活神仙。他是活神仙，我们岂不成了死神仙?”吕纯阳笑笑说:“神仙本是凡人做,人家活了几十年,救活了不知多少人的性命,还不能称神仙么?”铁拐李还是不服气:“我就不相信,倒要试试他这活神仙的手段!”众神仙以为他在蟠桃会上酒喝多了,发酒疯,都来劝阻,可是根本劝不住。铁拐李“扑通”朝下一跳,到了人间。

铁拐李落在荒山脚下,变成一个讨饭的乞丐,躺在路旁喊“救命”,只等张老老前来。

说巧也巧,张老老刚送走众乡亲,收拾停当,打算上山去采药。出门才走几步,就听见山路上有人喊“救命”。他连忙赶过去一看,原来是个乞丐被毒蛇咬了。只见这个乞丐一身破烂,腰系草绳,草绳上还挂只大葫芦,躺在路旁边,一条腿已肿得提桶粗。张老老心想,跑回去拿药来不及了,蛇毒攻心,神仙也难救,只好拼着老命,驮着乞丐往家里奔。铁拐李故意把身体变得像块石板那样重,压得张老老气也透不过来。张老老驮着驮着,好不容易驮到家门口的池塘边,再也驮不动了,脚一软,连乞丐一起跌倒在池塘旁边,乞丐腰里的那只葫芦在地上重重一碰,塞子弹了出来,只见从葫芦口里跳出一只三脚癞蛤蟆,“扑通”一声跳进了池塘里。张老老见乞丐神色很不好,顾不得去捉癞蛤蟆,一边喊张婆婆赶紧拿解蛇毒的草药来,一边凑到乞丐的腿上去,用嘴吸伤口里的毒汁,吸一口,就朝池塘里吐一口,吸一口,就朝池塘里吐一口,吸到差不多了,才把张婆婆拿来的草药敷在伤口上。这一来,铁拐李心服了,人家这么一大把年纪,不顾丢掉老命来救别人,还不能称活神仙吗?铁拐李一骨碌爬起来,对张老老双手一拱:“活神仙,多谢了。”说罢,拾起地上的葫芦,转身就走。张老老还要留他,乞丐已不见了。

铁拐李离开人间,踏着云头正要回洞府,迎面碰着了大仙刘海。刘海一见铁拐李,开口便讨债:“铁拐李,你把我的金蟾偷走,藏到哪里去了?”铁拐李一听,笑笑说:“哪个叫你在王母娘娘面前显宝的,一只癞蛤蟆，有啥稀奇，又是多嘴的吕纯阳告诉你的吧？还你，还你！”铁拐李从腰间解下葫芦一看，塞子早不知去向，再把葫芦倒过来抖抖，哪里还有金蟾！这个玩笑开大了，把人家的看家宝贝弄丢了，人家肯罢休吗？铁拐李呆住了：“喔唷，弄不好它逃到凡间去了。”两人朝下一望，一点不错，那只三只脚的金蟾，正蹲在张老老家门口池塘里的一片荷叶上晒太阳哩！铁拐李对刘海拱拱手说：“道兄，实在对不起，你自己去捉吧！失陪，失陪！”随即转身溜了。

刘海哭笑不得，只好下凡自己捉金蟾。刘海刚一露面，那金蟾便跳到水底下去了，不肯出来。刘海一时捉不到金蟾，摇身一变，变成个逃荒要饭的苦孩子，到张老老家去讨饭吃。张老老没儿没女，看这孩子孤苦伶仃，无家可归，就把他收养了下来，起名叫大水。

大水在张老老家里蛮勤快，只是有个怪脾气，每到月半夜里，喜欢坐在池塘旁边钓鱼。有一次，张老老发现了，就问他：“大水啊！人家钓鱼都在日里钓，哪有在月亮底下钓的？”

大水笑笑说：“我不是钓鱼。”

“那你钓啥东西？”

“我钓三脚癞蛤蟆！”

张老老笑了起来：“老话讲，三只脚的癞蛤蟆难觅，那是刘海戏金蟾的金蟾，你也想钓？”

大水把钓竿一提说：“金蟾最喜欢金钱，我也是用铜钱钓的么。”

张老老一看，线头上果然系着一个铜钱，摇摇头说：“你呀，困扁你头当瓜子壳，不要瞎想了，快回去睡觉吧！”

这一次𫚥[①]钓着，大水还是不死心，逢到月半夜里还是坐在池塘旁边钓。钓呀钓呀，这年八月中秋，月亮分外好，躲在池塘底下的金蟾也要出来赏月，抬头看见一只金钱落下来，它见钱眼开，再也熬不住了，大嘴巴一张，“嚓嗒”一口，就把金钱吞进嘴里。今朝月色好，大水在上面看得清清楚楚，竹竿一甩，金蟾被钓上来了。大水高兴啊，就想回洞府去了。

第二天，大水就来向张老老告辞，说要回家乡去探听爷娘的下落。张老老心里舍不得，又不好阻拦，只好打点送行。临走前，大水对二老说："承蒙两位老人家收留三年，没有别的可报答，只有一幅祖传古画，留给二老做个纪念吧！"说着，大水拿出一个纸卷，老夫妻俩打开一看，黑乎乎的一幅画，也不知画的啥名堂[②]，顺手贴在墙上，把大水送出了门。

大水一走，张家老夫妻又剩两个人，家里冷清起来。腊月三十了，家家户户忙过年，小孩子东一簇，西一堆，玩着花炮。老夫妻俩早早关了门在家里守岁，谁知有个花炮落在张老老家茅草屋顶上，顿时烧了起来。老夫妻俩不曾觉察，等到小孩子叫喊，乡亲们赶来救火，火已经烧穿了屋顶。众乡亲见张老老夫妻还在屋里，正要冲进去救人，忽听见屋顶上"哗啦"一下，蹿出一条乌漆墨黑的龙来，对着大火，张嘴就喷水，没一会儿，大火就被浇灭了。

众乡亲一个个看得目瞪口呆，一齐进门问张老老："活神仙，你家里养着条活龙哪？"

"赠啊，刚才只看见灶间下有个黑影蹿出去。"

众人走进灶间一看，只见墙上贴着一幅画，上面画着一条墨龙，浑身还水淋淋的。大家都明白了，一定是画上的墨龙下来救的火，于是都来问张老老：这幅画一定是幅神画，是哪个画的？经众人这么一提，张老老想起来了，那大水一定不是凡人，说不定就是那戏金蟾的刘海。张老老就把来龙去脉一讲，众人明白了：那大水一定是刘海变的，不是神仙画的画，那墨龙怎会下来救火呢！

这一来，大家都知道活神仙家里有幅神画，画上的墨龙能下来救火。这消息一传十，十传百，很快就传到了县官的耳朵里。那县官是瘟官，只想升官发财，听说张老老家里出了件稀世之宝，便想抢去进贡给皇帝，图个加官晋爵。

这一天，县官带着一大帮衙役、捕快，赶到荒山脚下张老老家，说是张老老私藏怪画，妖言惑众，要张老老把那幅画交出来。

张老老见县官蛮不讲理，死活不交。县官想：这画上的墨龙究竟能不能救火，我还没亲眼看见过，何不借张老老的命来一试？就说："你说是神画，我就把你老两口关在屋里放火烧，看那画上的墨龙会不会来救你们！"说完，走出门来，叫差人关门落锁，把张老老夫妻锁在屋里；随即又叫人点火烧屋。那茅草屋最怕火，一点就着，一转眼，噼噼啪啪烧得火光冲天。四乡八邻一看，又是活神仙家失火，一个个赶来救火，还没跑近屋子，就被差人赶走。眼看火势越来越大，屋顶又烧穿了。众乡亲正替张老老夫妻着急。忽然，"哗啦"一声响，那条墨龙又从屋顶上蹿了出来，众人抬头一看，只见那墨龙身上，一前一后骑着张家老夫妻两个。那墨龙在屋子四周转了一圈，也不喷水救火，飞到县官跟前尾巴一扫，把县官扫进了火场，有几个拍马屁的还想去救县官，也被龙尾巴扫了进去。不多一会，县官就被活活烧死了。张老老家的那两间茅草房子也烧了个精光，只有茅草房的那堵后山墙，因为是块岩石，还留着没被烧掉。

后来，乡亲们怀念张老老的好处，就在那块岩石上凿了张老老的像，碰到有人生病，就到那块岩石前去求求张老老，定能消灾除病。以后，越传越神了，说是那块岩石有灵验，慢慢地，大家把这座山也叫作"灵岩山"了。

韩德珠　采录整理

**注解：**

①𫆀：音fēn，苏州方言，还没有的意思。

②名堂：苏州方言，即花样、名目。

# 迎笑亭

**迎笑亭在灵岩山的上山路上。那路上有一只方形的亭子，飞檐翘角，古朴雅致。这里既是游人的歇息之处，也是寺内方丈迎接客人的地方。取名为“迎笑亭”，还与大诗人苏东坡有关哩。**

传说，宋代文学家苏东坡在杭州任地方官时，与灵隐寺的佛印禅师结为好友。一年春天，两人一同来到苏州游玩，苏东坡去访问朋友，佛印去拜访灵岩山寺的方丈。因苏东坡也喜欢结交高僧，他与佛印约好，三天后去灵岩山寺拜访方丈。到了那天，苏东坡在朋友家喝醉了酒，骑了驴子来到灵岩山，走到山寺门口，便问看山门的小和尚：“你家方丈在家吗？”小和尚一看是个醉汉，疑是走错了地方，随口说道：“不在家。”苏东坡就下山去了。

当晚，佛印想起了苏东坡，约好今日上山，怎么不来了呢？一问看山门的小和尚，小和尚说：“有个人骑了驴子，个子高高的，胡子长长的，醉醺醺像喝了酒，我见他是个醉汉，所以回绝他了。”佛印一听，知道那醉汉就是苏东坡，后悔自己没有到山门口去迎接。

第二天，佛印专程赶到苏州城里，找到了苏东坡，一起上灵岩山。两人走到半山腰，方丈、知客僧和两个小和尚，早已在半山的亭子里等候。见佛印和苏东坡来了，众人含笑上去迎接，并一起在亭子里歇息，讲起昨日的情景，大家不觉哈哈大笑。因为这个亭子是新造的，尚未题名，方丈请苏东坡题个匾额。苏东坡想了一想，说：“今天方丈等迎接我们，欢声笑语，十分高兴。这亭子又在半山腰，是迎接客人的好地方，就叫‘迎笑亭’吧。”

潘君明　采录整理

# 望佛来

**望佛来在灵岩山半山腰石幢之南。那处有一巨大的石龟，伸长头颈，遥望太湖，俗称“乌龟望太湖”。它背上刻着“望佛来”三字，十分醒目。乌龟因何要望佛？这是怎么回事呢？有个与《西游记》有关的神话故事。**

在很久以前，太湖里有只大乌龟，原是东海龙王的丞相，因为得罪了龙王，被罚到太湖里去当个小头目，管些小鱼小虾。乌龟感到没劲，心想：这种小头目没啥当头，还不如去修炼修炼，将来得道成仙，做个仙家，岂不更好。

乌龟想定之后，就天天爬到太湖边的岩石上，早上望着太阳，晚上望着月亮，吸收日月之精华，涵养天地之灵气。乌龟很有耐心，一连修炼了三千多年，觉得自己有点仙气了。但它觉得太湖边地势太低，离日月太远，于是就爬上了灵岩山，躲在一个山洞里，还是坚持天天修炼，又修炼了三千多年。到了这个时候，乌龟已会掐算，略知过去未来，尤其是仙界的事情，它都能够测到信息。

这年，唐僧到西天去取经。乌龟知道这一消息后，心中万分高兴，它想：这真是一个好机会，我跟他们一起去取经，拜唐僧为师，取经回来，我不就可以成仙了吗！乌龟爬到了山顶上，虔诚地等待唐僧经过。

这天，唐僧师徒经过苏州上空，孙悟空眼尖，一眼就望见了这只大乌龟，在向他们膜拜呢！孙悟空立即向师父做了汇报。唐僧道：“善哉，这乌龟也想成佛，真是好事一桩，我等去看看它，顺便也好休息一下。”唐僧师徒落下云头，停在乌龟身边。乌龟见到了唐僧，满心欢喜，说出了自己的想法：愿拜唐僧为师，要跟着他们一起到西天去取经。唐僧见乌龟非常虔诚，想带它同行，但乌龟才修炼了六千多年，尚未成仙，不会腾云驾雾，无法带走。乌龟感到失望，唐僧也感到十分可惜，就对乌龟说：“你在这里等我们回来吧，到那时我一定收你为徒，带你修行。”乌龟只得点头同意。

唐僧师徒离去之后，乌龟一直等在山上。由于唐僧取经遇到了九九八十一难，耽搁了很长时间。乌龟等呀等呀，一直不见唐僧回来，等得时间长了，就化成了一块石头。它两眼直愣愣地望着天空，是在望唐僧归来呢。后来，有人知道了乌龟的愿望，就在它的背上刻上了三个大字：“望佛来”。

潘君明　采录整理

# 痴汉等老婆

**痴汉等老婆在灵岩山东南角上。那角上有一块长条形的石头，屹立在山尖上，远远望去，活像一个人站在那里。他面朝东方，好像在等待亲人的归来，乡人称之为“痴汉等老婆”。有个悲伤的故事。**

相传秦朝时期，灵岩山脚下有一户人家，夫妻两人，男的叫阿夯，女的叫阿巧。阿夯身高一丈五尺左右，气力大得吓人，可以肩挑千斤，手提八百。他用的一条扁担是铁打的，一两勿多，一钱勿少，正好是两百斤。他用的一把镰刀，一寸勿长，一分勿短，量量足足三尺。他每天上山割柴，手脚快得稀奇，他那雪亮的镰刀上下飞舞，好像阵头雨打电闪，使人眼花缭乱。别人一袋烟没有抽完，他就割光了半爿山的茅柴。他收捆起柴来简直像是乌龙取水，别人三个喷嚏还没有打停，他已经装好了一担柴。他挑着千斤重的一担柴，好像挑一担轻飘飘的灯草，在陡峭的山路上走起来快得像腾云驾雾。所以方圆几百里内的男女老少都晓得阿夯是个大力士。

阿夯的家婆[①]，人长得非常标致，跟美女西施不相上下，所以大家不叫她阿巧，都叫她赛西施。赛西施心灵手巧，聪明伶俐。她纺纱、织布、染帛、缝衣，样样全能。她纺的纱比蚕吐的丝还要均匀柔软，她织的布比鹿身上的皮还要细腻光滑，她染的帛比天上的彩云还要美丽，她做的衣裳比蝉身上的翼还要配身得体。所以远近几百里，没有一个人不晓得她是一个巧手。

阿夯和阿巧夫妇两人，一里一外，克勤克俭，日脚过得蛮适意。

有一年，秦始皇在全国各地挑选大力士做卫士，圣命传到了木渎。木渎镇上有个平时吃粮不管事的巡检司，姓龚名龙，外号叫龚扁头。其实他的头并不扁，因为他一心想做大官，做来做去做勿着，二十多年来一直做个小小的巡检司，心里勿起劲，索性[②]四脚朝天，只吃粮勿管事。勿晓得越勿做事，名声越坏，但是他做大官的念头还覅打消。真是像困扁仔头想吃天鹅肉一样，所以大家叫他龚扁头。龚扁头自从得知秦始皇挑选大力士的消息后，对阿夯一家动起了坏脑筋来。他想：把阿夯送到秦始皇那里去，自己好乘机升官发财，还可以把阿巧抢过来做小老婆。一天，阿夯挑着一担山柴到街上去卖，龚扁头说要买他的柴，叫他挑到衙门里。阿夯听了龚扁头的指点，把柴挑到衙门的厨房间里。龚扁头拿出十两银子塞到阿夯手里，阿夯是个老实人，要按集市上的价钿收，多一个铜板勿要，少一个铜板勿卖。龚扁头说："你勿收银子也罢，就坐一歇吃杯糖茶再去吧。"阿夯想就吃杯茶领领情吧。阿夯哪里晓得这是龚扁头用的计呢！一杯糖茶下肚，顿时头昏眼花倒了下去。等他苏醒过来，已经是手铐脚镣，像犯人一样躺在囚车里，只见十几个士兵推着车子，日夜赶路向北而去。原来龚扁头恐怕自己的兵士逮不住大力士，就在糖茶里放了蒙汗药叫阿夯上当，又怕阿夯在路上逃了，就用囚车把他送到咸阳去。

再说，阿巧不见阿夯回家，茶饭勿吃，望到太阳落山，还是不见阿夯的影子。她把门一锁，一边哭一边走到木渎镇上打听阿夯的下落。有人告诉她说，阿夯早晨挑柴进了巡检司衙门。于是，她赶到衙门问讯，哪晓得龚扁头早就像看家狗一样在衙门口守候她了。原来他早就晓得阿夯、阿巧是一对恩爱夫妻，阿夯不见了，阿巧一定会寻上门来。果然不出他的所料，阿巧来了。龚扁头说阿夯在衙门里，要领阿巧去见。阿巧进得衙门却迟迟不见阿夯的人面，但见龚扁头贼头贼脑，还嬉皮笑脸地向自己敬茶。阿巧感到事情不妙，她整整衣裳，紧紧裙带，做好万一的准备。她问阿夯在哪里，龚扁头说："阿夯替官府运柴到县衙门去了，明天一早回来。你先在这里住一夜吧，老爷陪陪你。"龚扁头一边嘿嘿地笑，一边动起手脚来了。

阿巧心想，今朝龚扁头是有准备的，现在既然落入了虎口，也只好见机行事了。于是，她把燃烧的肝火压下去，面孔不板也不笑地说道："既然老爷看得起我，我就在这里住一夜好了。"

龚扁头一听，高兴得手舞足蹈，把阿巧领到了楼上房间里。阿巧往凳子上坐定，开口要盆洗脚水。龚扁头亲自下楼端着一盆水上来，送到阿巧脚前。阿巧趁他的头要抬未抬之时，顺手抓起台上的铜花瓶，对准龚扁头狠狠一记，龚扁头当即滚倒，人事不知了。阿巧吹熄灯火，关上房门，大大方方地走出了衙门。阿巧回到家一看，自己的房子已经被烧成了灰烬。原来龚扁头为了霸占她，暗地里派心腹阿歪偷偷地放火烧了她家房子。阿巧无处安身了，心里又惦念着阿夯，就一边哭一边走，连夜进城去寻找阿夯。

再说，阿夯被押送到咸阳，秦始皇看到这个巨人，心里非常高兴，留他做了卫士。阿夯想念阿巧，当夜就逃出了咸阳城，一路讨饭求乞回到了家乡。可是回来一看，房子烧了，阿巧也不见了。经过打听才知道是龚扁头下的毒手，阿夯实在气愤。

龚扁头被阿巧打得昏死过去以后，直到第二天早晨才苏醒过来，接下来就是一场大病，半年没有起床。现在他听到大力士阿夯逃回来了，就派了二十名刀斧手前去捉拿。岂知阿夯手里拿着一根铁扁担先闯到龚家来了，阿夯首先抓住龚扁头的心腹阿歪，问龚扁头人在哪里。阿歪不敢不说，只好把他领到龚扁头的房间。阿夯对准龚扁头就是一扁担，把龚扁头打个脑壳开花。转过头，顺手一拎就把吓呆的阿歪摔死在楼下。阿夯下楼后，见狗打狗，见人打人。二十个刀斧手，一个都不是他的对手，逃得慢的全都死在他的铁扁担下面。阿夯看看衙门里再也没有人了，就放了一把火烧了衙门。大火烧着烧着，阿夯突然笑了起来。原来，阿夯本是一个老实善良的人，现在做了他从来不愿意做的事：杀了人、放了火，所以疯了。阿夯走到灵岩山，日夜站在山头上，两眼望着东方，嘴里不断地喊着："阿巧，我在这里等你，你快回来吧！"他喊着喊着就绝了气，后来就变成了一块石头。这就是灵岩山上的那块山石——"痴汉等老婆"的来历。

李洲芳　采录整理

**注解：**

①家婆：苏州方言，即妻子。

②索性：苏州方言，干脆的意思。

# 西施洞

**西施洞在灵岩山半山腰处。那半山腰上有一片矗立的石壁，连绵数十丈，气势雄伟。石壁上有个一人多高的石洞，是吴王夫差拘禁越王勾践的地方，原本叫勾践洞，后来改名叫西施洞，为什么呢？**

苏州灵岩山半山腰处有一个山洞，名叫“西施洞”。这个洞既不大，也不怎么灵巧，只因为西施住过，许多游人都要到那里去看一看。这个洞原本叫“勾践洞”，经过西施策划之后，才改名叫“西施洞”。

相传，西施来到吴国以后，常陪伴在吴王夫差身边，轻歌曼舞，寻欢作乐。但西施是越国人，一心想念自己的家乡，为此，经常闷闷不乐。吴王为了讨得西施的欢心，就在灵岩山顶上造了馆娃宫，建筑华丽，高大雄伟。吴王和西施住在宫内，登上宫内的最高层，可以远远望见越城，以慰西施的思乡之情。

有一年夏天，吴王和西施在山上散步游玩，走到山半腰处，看见一个山洞，西施好奇地问：“这叫什么洞？”吴王答道：“这叫‘勾践洞’，把山洞作为牢狱，你们的大王勾践就关在这里，蹲在里面，蓬头散发，哪像个人呀！”说罢，放声哈哈大笑。西施听后，心中一惊，她想：我家的大王原来被关在这里，还起名叫“勾践洞”，这不是越国的耻辱吗！我得想个办法，改掉这个洞名。

西施故意走到洞里去看看，但见洞内岩石出水，非常潮湿，但与洞外相比，却十分阴凉。西施是个聪明人，低头一想，计策来了，就对吴王说道："大王，这洞内凉风习习，阴气得很，与山上相比，温差太大。这么热的天气，住在这个山洞里，那才舒服呢。"吴王先是不高兴，但经不住西施的柔情缠绵，也就同意了，并立即叫人整理一番，铺床挂帐，准备用具，还派专人看守。西施和吴王在洞里住了一个时期，然后再回到山上馆娃宫去。由于西施在洞内住过，"勾践洞"就改名叫"西施洞"了。

潘君明　采录整理

# 玩月池

**玩月池在灵岩山顶上，吴王井之北。池为月牙形，池水清澈，终年不竭。相传吴王夫差与西施在此赏月、玩月。他们是怎么玩的呢？有个有趣的故事。**

西施来到吴国以后，总是愁眉不展，毫无笑容。吴王夫差为了讨得西施的欢心，特地在灵岩山上建造了一座馆娃宫，陪同西施在山上白相。但是，西施还是闷闷不乐，不露笑容。

这年八月半，吴王夫差和西施在宫中赏月。西施想起亡国之耻，自己身在异乡，不能与亲人团聚，不觉掉下泪来。吴王一见，大为扫兴，便问道："娘娘身为贵妃，享不尽人间的荣华富贵，你要啥个宝贝，寡人依你就是，为何如此不乐？"

西施想，我是在思念家乡的亲人，你这昏君哪里知道呀！你既然问我要啥，我何不戏弄你一番，随即说道："大王，今夜月明如镜，我想拿个月亮白相，你能依我么？"

吴王一听不由得愣了起来，心想：这怎么依得，月亮挂在天上，哪能拿来？正在为难之际，西施走到馆娃宫的一个水池边，双手掬起一捧清水，对吴王道："大王，你不能依我，我却把月亮捧在手里了，你来看呀。"吴王走近一看，果见一轮明月在西施手中晃动，不禁哈哈大笑，说道："爱妃水中捞月，真是聪明人，寡人也去捞一个上来。"说罢，吴王走到池边，伸出双手，也想去捧池水。但他的手指粗，指缝大，

梅云　绘

捧起来的水很快就漏光了，根本捞不到水中的月亮。西施看了十分好笑，弦外有音地说："大王，你是水中捞月一场空呀！"

不久，越王勾践举兵灭吴，吴王夫差兵败自刎。吴王不仅失去了西施，也失去了国家，应了西施的这句话。后来，这句话传开来，成为一句谚语，对那些白费力气而根本办不好事情的人，就喻之为"水中捞月一场空"。西施捞月的那个水池，被称为"玩月池"，成为灵岩山上的一个名胜古迹。

潘君明　采录整理

# 箭泾河

**箭泾河在灵岩山麓之南。那里有一条长而狭的小河，远远望去，白似飘带，闪闪发光。它又名“一箭泾”“箭香泾”等。一条小河因何有这么多的名字呢？有个故事。**

当时，西施受越王之命来到吴国，以她绝世的姿容和惊人的智慧，使吴王斗志磨灭，吴国国力逐渐空虚。几年以后，西施看看自己的目的快要达到，又得知越国养精蓄锐，即将发兵，就想摆脱吴王，一跑了之，不使自己与吴王同归于尽。

有一次，西施和吴王夫差在灵岩山上赏景，她看见前方就是太湖，太湖是通往越国的水路，只要在山前开一条小河，通到太湖，到那时出走就方便了。于是，西施一面遥指太湖上的一座小山，一面问身边的吴王：“大王，前边的那座山，叫什么山？”

吴王道：“叫香山，你用的香料就是从那座山上采来的。”

“这里到香山有多少路呀？”

“要从木渎那边乘船绕过去，有不少路呢。”

“嗯，怪不得每一次采来的香草，香味都淡了。我看，不如从这里开一条小河，直通香山，这样，采香草就方便多了。”

吴王当即称赞道：“爱妃说得极是，可以从山脚下开一条小河直通香山。”于是，吴王叫人拿来弓箭，立即弯弓搭箭，只听见“嗖”的一声，箭已射到了香山，随后下令征集民夫，按照射箭的直线，开出一条小河。不久，小河开好，果然开得像箭射出的路线一样直，所以叫它“箭泾河”；又因是吴王一箭定线，所以又叫“一箭泾”。

箭泾河开好以后，西施便由宫娥陪伴，乘着画舫，到香山去采集香草。实际上，西施去采香草是假，去观察水路是真。她见从这条“箭泾河”出去，经过香山可以直达太湖，心里十分高兴。为了不使吴王怀疑，西施索性当着吴王的面，三日两头到那里去采香草，常常是空手而去，满筐而归。为此，“箭泾河”又叫“采香泾”。

过了两年，越王已经做好一切准备，大举进兵伐吴。当时，战船已从太湖里浩浩荡荡地开了过来，但荒淫无道的吴王还在馆娃宫内饮酒作乐呢。西施呐，这天一早，骗过吴王说要到香山去采香草。实际上，她和范蠡早已约好，在这天逃出虎口。两人在香山见面后，就同乘一只小船，荡起双桨，远走高飞去了。

潘君明　采录整理

## 天平山名的由来

**天平山在苏州城西南三十里处，位于灵岩山和支硎山之间。山高300余米，是苏州西郊诸山中最高的一座。天平山原来山峰挺拔，直刺云天，后来山顶被削去，成为平地，故名天平山。这么高的山顶是怎样被削去的？有个古老的神话故事。**

传说，很久以前，在洞庭东、西山之间的太湖边上有条小河，名叫泾河。泾河里有条小龙，叫泾河小龙。泾河小龙与东海龙王的小女儿三公主成婚，开始感情尚好，几年以后，泾河小龙经常外出寻花问柳，三公主劝劝他，他非但不听，反而把三公主打得遍体鳞伤，还罚她到洞庭东山去放羊。

这年秋天，江南才子柳毅到京城去赶考，路过太湖，他顺便到东山去白相，但见东山橘树成林，鲜红的橘子挂满枝头。他正白相得高兴的时候，忽听见呜呜咽咽的啼哭声。柳毅感到奇怪，便循声找去，只见一个年轻的姑娘，蓬头垢面，在那里放羊，手执羊鞭，低头哭泣。柳毅上前问道："姑娘，你为何啼哭？莫非有人欺侮了你，你给我讲来，我去找他评理。"三公主见柳毅是个白面书生，知道是正经人，便说道："公子若肯帮忙，我这里有个小包，我要讲的话和要求你办的事，都在这个小包里了。"说罢，掉过头去，忽然不见了。柳毅感到奇怪，回到住处，打开小包一看，内有一张字条，除了说明自己遭受丈夫的虐待之外，还要求柳毅送一封书信给自己的父亲东海龙王。字条上说明，在橘林深处有一口井，当天亮时，对井下边连喊三声："三公主来了。"井水即会退去，人就可以下去，直达龙宫。第二天，天刚蒙蒙亮，柳毅来到井边，对着井下连喊三声"三公主来了"，话音刚落，井水真的渐渐退去，直到露出井底。后来，这口井就叫"柳毅井"，至今还在洞庭东山启园内。

柳毅下了井，但见井壁有门，门内灯火通明。柳毅依着灯光走向龙宫，向东海龙王呈上书信。龙王看完信，知道小女儿受小龙虐待，心中十分愤恨，说道："可恨这泾河小龙把我女儿糟蹋成这个样子，我一定要与他算账。"

第二天，东海龙王带了一队虾兵蟹将，直奔洞庭东、西山的泾河，要泾河小龙交出三公主。泾河小龙把龙王带到三公主牧羊处，龙王见女儿衣衫褴褛，面黄肌瘦，心中十分气愤，便伸手去打泾河小龙的耳光。小龙哪里肯被打，转身便逃。龙王追上去，小龙回过身来，与龙王搏斗。于是，两条龙打将起来，一时间狂风怒号，乌天黑地，风雨大作，波浪翻滚。两条龙一会儿潜到太湖里厮打，一会儿又腾到天上去搏斗。龙王为女儿泄愤，老当益壮，越战越勇；小龙自知理亏，有点胆怯，渐渐体力不支。战了大半天，小龙想趁机逃跑，往太湖边的山洞里遁去。龙王哪里肯放，突然蹿到天空，用尽平生之力，摆动龙尾扫将过去，一座山的峰顶被掀倒，压将下来，把小龙活活压在山洞里。小龙的头虽然钻了出来，但始终没能逃出，日子一长，龙头化为岩石，称为"龙头石"，成为山上一景。这山的峰顶，就是天平山的山尖，因为被削去了山尖，山顶十分平坦，几乎与天相平，所以取名叫"天平山"。

潘君明　采录整理

# 万笏朝天

**天平山，又叫“范坟山”，是宋朝大臣范仲淹葬祖坟的地方。山上的石块非常奇特，块块竖立朝天，像古代百官上朝时用的笏板，俗称“万笏朝天”。那么，山上的石块怎么会竖立起来呢？当地百姓是这么说的。**

范仲淹小时候生活在香山农村，家里很穷，布衣淡饭过日子。因此，他对老百姓的艰苦生活非常了解，长大后做了官，处处为老百姓着想，关心老百姓的疾苦，所以受到老百姓的爱戴。但是，范仲淹由于生性耿直，上朝时敢于直谏，几次得罪了皇上，再加上奸臣的诬陷，被罢官回到了苏州。

范仲淹回到苏州以后，年龄也大了，他想找一块坟地，把祖宗的坟墓合葬在一起，以尽后辈的孝道。他听说天平山有一块坟地，就赶到天平山来看看，一看，这块地方蛮好，只是矮山头多了一些。当时，山脚下住着一位风水先生[①]，听说范仲淹来看坟地，就特地跑来对他说：“这块坟地不好，你看，四边有五个矮山，形似五只老虎，中间一个矮山，形似一只山羊，叫作‘五虎擒羊’，这是块绝地呀！你若将祖坟葬在这里，你范家的子孙就永无出头之日，没有人做官了。还是另选一块地方吧。”范仲淹听后想了一想，对风水先生说：“你不说倒也罢了，你说是‘绝地’，我倒要把祖坟葬在这里了，因为我家的祖坟不葬在这里，总有其他人家的祖坟葬在这里，那么，这家人家的子孙就没有出头之日了。再说，我范家的后代也不想再做官了。”说罢，就决定买下这块坟地。

范仲淹择定了一个好日子，将祖宗三代的坟墓合葬在这里。下葬的那天，太阳高照，天气晴朗。当天夜里，天气突然之间起了变化，只听见雷声隆隆，电光闪闪，狂风大作，下起了倾盆大雨。又听见山头上“轰轰轰”一阵乱响，大家在睡梦中惊醒过来，不知道发生了什么事。第二天早上起来一看，山上的块块石头都竖立起来了，山下的五个矮山头被大雨冲平了。有人说，这是范仲淹的孝心、德行感动了玉帝，所以刮风下雨，把“五只老虎”冲掉了，叫山上的石头从泥土中竖起来，块块朝天，是在向范坟朝拜呢。

这竖起的石头究竟有多少，数也数不清；那竖起的石头像百官上朝用的朝笏，所以称为“万笏朝天”。远远望去，这些石块高低错落，雄伟壮丽，成为山上的一大景观。

潘君明　采录整理

**注解：**

①风水先生：苏州方言，指专门观察宅基地、坟地方向的人。

# 高义园

**天平山脚下有个石牌坊，上刻“高义园”三个大字，是清代乾隆皇帝的御书。范仲淹就是在这里“断齑画粥”，艰难度日。现在称为高义园，这与范仲淹有什么关系呢？请看下面的故事。**

范仲淹小时候家里十分贫穷，没有一间房子，和母亲住在天平山脚下的破庙咒钵庵里，一天只能吃三顿薄粥。特别是冬天夜里，范仲淹读书读得晚，肚皮老是饿得咕咕叫，他就把凝冻的薄粥划成小方块，肚子饿了，拿一块吃吃充饥。因冻起来的粥块上有水的纹丝，像天上的云，蛮好看的，范仲淹给粥块取了个好听的名字，叫“白云糕”。

范仲淹有个好朋友叫石曼卿。石曼卿家里很是富有，一次，他到咒钵庵去看范仲淹，见范仲淹正在吃“白云糕”。石曼卿十分感动，回家后把这件事告诉了父亲，爷俩一商量，决定要帮助范仲淹。第二天，石曼卿带了不少酒肉菜饭送给范仲淹。过了几天，石曼卿又去看范仲淹，发现送去的酒菜仍旧原封不动地放在那里。石曼卿十分奇怪，便去问范仲淹：“为什么不用？”范仲淹指着碗中的粥块，笑笑说：“你的心意我领哉，不过我吃惯了‘白云糕’，并勿觉得苦，如果现在贪图美味，将来怎样再吃得起苦呢？”一席话，说得石曼卿佩服得五体投地。以后，石曼卿就叫人用糯米磨成粉，仿照范仲淹的“白云糕”，做了方糕，天天送去。范仲淹盛情难却，也就收下了。

后来，范仲淹考中进士做了官，晚年做了宰相，他念念不忘石曼卿对自己的帮助。这年，范仲淹叫儿子尧夫把自己的俸禄五百斛麦子，用船装回苏州老家去分送族中穷人，顺便去看望在丹阳的老友石曼卿。尧夫到了丹阳，寻到了石曼卿，得知石曼卿的父母和妻子先后去世，两个女儿尚未出嫁，生活十分艰难。尧夫十分同情石曼卿的遭遇，就将五百斛麦子全部送给了他，石曼卿收下麦子，叹口气说："多谢好意，可是我债台高筑，这个漏洞实在填勿没呀！"尧夫听了十分难过，就将装麦子的船一并送给了石曼卿。

尧夫回到京城家里，范仲淹问："阿曾见到曼卿伯父？"尧夫就把石曼卿的境况对父亲说了一遍。范仲淹听了难过地说："为啥不把麦子送给他呢？"尧夫说："送了啊。"范仲淹又说："对呀，最好连船也一并送给他。"尧夫说："是啊，我把船也送给他哉。"范仲淹高兴得直淌眼泪，拍拍尧夫的肩膀，连声赞叹："尧夫，应当这样，你做得好！"

后来，范仲淹听到石曼卿病故的消息，哭了三天三夜。

清朝的乾隆皇帝，六次下江南来到苏州，多次到天平山上去游览。乾隆对范仲淹的为人很是敬仰，觉得他的所作所为是一种"高义"的行为，就吩咐苏州知府在天平山建造一座"高义园"，予以纪念，在人间发扬高义。他挥动御笔写了"高义园"三个大字，刻在石坊上，用来颂扬范仲淹仗义济难友的精神。

杨彦衡　采录整理

# 白云泉

**白云泉在天平山半山腰处。那半山腰处有一股山泉从石缝中流出，色白如乳，醇厚甘冽，因泉水如线，名“一线泉”。寺僧用竹管接入钵盂中，又称“钵盂泉”。泉水汇入池内，清澈如镜，照见天上的白云，又名“白云泉”。这泉水的发现，与唐代大诗人白居易有关哩。**

白居易是唐代的著名诗人，在做苏州刺史的时候，非常热爱苏州的山水，遇有空闲，总喜欢到天平山上去走走。

有一天，白居易来到天平山，登上半山腰，忽听到淙淙的流水声，既像琴声，又像鸟鸣，十分动听。他拨开草丛一看，发现一股清澈的泉水，从石缝中涓涓流出，顺着陡峭的石壁，一直流向山下。他高兴极了，心想：如果用这样的泉水泡茶，味道一定很好。

第二天，白居易带来一只白瓷钵盂，用竹管子将泉水引入钵内，烧开后用来泡茶，果然水清味甜，特别好喝。更为稀奇的是，这种泉水水质很硬，在盛满水的茶杯内投下几枚铜钱，水只会渐渐向上隆起，而不会漫出来。

于是，白居易与山人一商量，在半山腰里筑石为池，截住流下来的泉水。泉水流在池内，清澈见底，好似明镜一般，天上飞过的片片白云，映入池内，也看得清清楚楚。白居易见此情景，高兴异常，提起笔来，写下了“白云泉”三个大字，从此，这泉水就命名为“白云泉”了。

以后，白居易常来天平山白云泉处吃茶赏景。白居易为官清正，很

劳思　绘

体贴百姓。一天，他喝着白云泉水，望着山脚下的农田，触景生情，诗兴大发，写下了一首《白云泉》诗：

天平山上白云泉，云自无心水自闲。

何必奔冲山下去，更添波浪向人间。

白居易的诗写得好，通俗易懂。特别是诗的内容关心着老百姓的疾苦，所以老百姓很喜欢读这首诗，一代一代地流传下来，白云泉也就更为出名了。

后来，人们为了纪念白居易，在白云泉旁的崖壁上，刻画了白居易的人像，称之为“仙人影”，好似白居易立在池边，凝神观看池内的白云，若有所思，在准备作诗呢。

潘君明　采录整理

# 穹窿石移出状元

**穹窿山在苏州市城西南四十里处，是苏州西南方诸山中最高的一座。南宋乾道年间，苏州流传着“穹窿石移，状元来归”的谶语。不久，穹窿山的石头真的移动了，苏州果然出了一名状元。民间流传着这样的故事。**

在封建社会，读书人都想考中状元，可以出人头地，光宗耀祖。但中状元不是件容易的事，全国读书人有成千上万，状元却只有一个，那要多深的学问。所以，在北宋的一百六十多年间，苏州人没有中过状元。这可急坏了苏州人，大家希望读书人好好用功，争争气，总得要中一个状元才行。

大家盼啊盼啊，哪一年能出个状元呢？南宋淳熙年间，苏州城内外流传着一句民谣：“穹窿石移，状元归来。”小孩子到处都在传唱。这是什么意思呢？是说穹窿山上的石头移动了，苏州就会出状元了。大家想，穹窿山上的石头长在山上，坚固得很，怎么会移动呢，看来苏州是出不出状元了。

穹窿山在苏州城西南四十里处，是苏州西南方诸山中最高的一座。这座山四边下垂，中间隆起，所以叫“穹窿山”。山上巨石嶙峋，坚固如磬，几千年来从未变动。在淳熙年间，天气很不正常，先是连年大旱，再是连年发水。有一年夏天，一连下了几天暴雨，山上积水骤多，形成了山洪，“哗哗哗”地直冲而下。山脚下有人大喊：“不好了，山上出蛟[1]了！”原来，山上的洪水冲出了一条山沟，有一丈来宽，山洪从山沟里奔腾而下，远远望去，好似一条白龙在游动。这种情景，当地人叫作“出蛟”。这一场山洪，将山上的石头也冲开来了，石头随着山洪滚滚而下，有几块像桌子一样大的石头，被冲出几里路远。有人说，穹窿山上的石头移动了，苏州要出状元了。

说来也巧，就在这年，居住在苏州城内醋库巷内的黄由赴京开考，果然中了状元。消息传到苏州，城内城外一片欢腾，大家奔走相告。说“穹窿石移，状元归来”，一点也不错，这句话应验了。

黄由中了状元以后，苏州人非常高兴，脸上感到很光彩。平江（苏州）知府专门在黄由家住的巷口竖立起了牌坊，叫“状元坊”。这是宋代开国二百多年以来苏州人中的第一个状元，多么荣耀啊！后来，黄由在京城和外地做官，他为官清正，关心民情，爱护百姓，官至礼部尚书，受到百姓的称赞。

潘君明　采录整理

**注解：**

①蛟：古代传说中会兴风作浪、能发洪水的龙。

# 穹窿山张良拜师

**穹窿山高峻挺拔，树木葱茏，苍翠欲滴，环境清幽，风景非常优美，是道家修炼的好地方。汉代开国皇帝刘邦的谋士张良，在山上拜赤松子为师。张良因何到穹窿山呢？有个故事。**

赤松子是个神仙，神通广大。传说他在神农时是个雨师，专管行云播雨。他经常到昆仑山西王母那里去白相，随风雨来回上下。后来他闲游人间，来到苏州穹窿山这个地方。他看看穹窿山云蒸霞蔚，林木掩映，环境清幽，就选择了一个山洞，住了下来。

再说张良，又叫张子房，原是韩国的公子。秦始皇并吞六国时，韩国也被消灭了。他失去了国家，已无立足之地，就到处流浪。他在博浪沙行刺秦始皇没有成功，逃跑后怕被秦军发现，想找个地方隐居起来，做个方外中人。后来，他听说赤松子在苏州穹窿山上修炼，就长途跋涉来到穹窿山，拜赤松子为师。赤松子收张良为徒，两人天天在山上采石炼丹。至今，山上尚有“炼丹台”“升仙台”等遗迹。

张良在山上炼丹，可心里老想着报仇复国的事。他把心里的想法对赤松子讲了，赤松子说：“你尘缘未了，还是下山去吧，等你了却心事以后，我会来接引你的。”

张良下山以后，协助刘邦推翻了秦王朝，了却了心愿。张良原想继续帮助刘邦料理国家大事，但刘邦此人只能同患难，不能共富贵，开始杀功臣了。张良正在危急之时，一天早上，门外来了一个道人，对张良说："此时不走，等待何时？"张良一看是师傅赤松子，便写了一张条子留在家里，跟着赤松子走了。

张良刚走，刘邦就派出兵丁围困张府，要捉拿张良。张良没有捉到，只留有一张条子，刘邦拿过来一看，只见上面写着："从赤松子游，我今去也。"刘邦问："朝哪个方向走的？"兵丁回答说："朝东面方向走的。"刘邦叫兵丁去追，结果没有追到。

所以，苏州人有句俗语，叫："赤松赤松，一直向东，无影无踪。"现在如果有人偷偷地溜走了，也说"赤松"了，"赤松"成了溜走的代名词。

张良跟着赤松子回到穹窿山，隐姓埋名，天天炼丹，成为仙人，后来不知所终。

潘君明　采录整理

# 邓尉山与香雪海

**邓尉山在苏州城西南六十里处，翠峰连绵，景色绮丽，尤以梅花名闻天下。每年早春二月，漫山遍野的梅花盛开，宛若皑皑白雪，人立梅花丛中，暗香四溢，名为“香雪海”。这山上的梅花怎么会如此旺盛呢？民间有这样一个传说。**

好多好多年以前，苏州城里有一个做大官的，千方百计弄到了一幅唐伯虎画的《红梅图》，特地做了一只香樟木画箱，再加上一把黄铜锁，当宝贝一样把画藏了起来。就这样，一幅好画在箱子里锁了十几年。

这一日，他五十大寿。亲眷朋友晓得他喜欢画，就送来勿勿少少好画向他拜寿。他叫人把画挂在厅上，让客人们一边喝酒一边赏画。主人三杯酒落肚，兴致上来了，哈哈大笑说：“各位，这几幅画固然是好，不过，和我那幅唐寅的《红梅图》相比，差远了！”

亲眷朋友晓得他有这幅宝画，今朝趁他高兴，就众口同声地说：“这《红梅图》虽好，可惜𫎇见过。今朝老兄华诞，让我们赏鉴赏鉴，饱饱眼福。”

这个大官话已出口，只好答允，叫人到书房里把画箱拿出来，打开锁，把《红梅图》挂在厅堂中央。哪晓得大家一看，呆脱哉。为啥？原来好好一幅《红梅图》，现在只剩下几枝稀稀落落、歪歪斜斜的枯枝，枝头的梅花纷纷谢了，留下的三两朵也变成了暗灰色，一点光彩都没有了。他一气，就把画扯下来，甩到墙外去了。

再说，光福邓尉山有一位花农，叫梅老老。这天，他到苏州城里来卖花，正巧走过这条弄堂，看见路上有一张画，就连忙拾起来，一看上面画着梅花，画上沾了不少泥屑。梅老老把画拿回家去仔仔细细地揩干净泥屑，放在太阳光下一晒，就在自家黄泥墙上挂了起来。说来稀奇，这幅《红梅图》在木匣子里藏了十多年，现在经过沾泥浸水，阳光一晒，画上一朵一朵的红梅又盛开了。梅老老越看越觉得眼目清亮，他把山上种的梅树，都照画上的红梅修修剪剪。日子一长，他种的梅花越来越好看，远近闻名。

村上的乡邻，也都来学样，邓尉的梅花越种越好，名气也越来越响。这消息传到苏州城里，每到开春辰光，大家都要到邓尉去看梅花，风声传到那个做官人家耳朵里，这个大官也乘了八人抬的大轿去凑热闹。

那个大官到了邓尉，只见山上山下、屋前屋后开遍了梅花。登高一望，白如雪，花如海，觉得果然名不虚传。他走到一个村边上，来到梅老老屋边，看见这里种了不少红梅，修剪得像画屏一样。他踏进梅老老家，一眼看到黄泥墙上挂着一张画，这张画好眼熟啊！再一看，这不是那幅唐寅的《红梅图》吗？他心里充满了疑惑：这画怎么会到这里来了呢？为啥又变成鲜艳夺目的满枝红梅了呢？他走上去一把将画扯了下来。梅老老看见有人竟敢在光天化日之下闯进屋里来，要抢走自己最心爱的画，立即冲上前去，一个抢了要走，一个拉住不放，两人你争我夺，一用力，一张宝画被扯碎了！乡邻四舍听见争吵都跑了过来，只见一个做官人来抢梅老老的画，都火冒起来了。好，你要强抢，我们也就不会对你客气。他们有的拿镰刀，有的拿锄头，准备跟当官的拼命。那个当官的一看触犯了众怒，吓得屁滚尿流，在一片喊打声中，赶紧钻进轿子逃走了。

《红梅图》从此失传。邓尉山上的梅花呢，却越开越盛，名声越来越响，“香雪海”就此扬名天下了。

韩德珠　采录整理

# 清奇古怪

**邓尉山司徒庙内有四棵古柏，相传是东汉的遗物。因多次遭到雷击电劈，枯干虬枝，光怪陆离，形状奇特，分别被称为“清、奇、古、怪”。这“清、奇、古、怪”是谁命名的呢？有个十分有趣的故事。**

那年，乾隆皇帝去邓尉山探梅，后又来到山坞正中的四棵古柏下，看到这些古柏青翠欲滴，树冠如盖，遮阴达亩，饶有情趣，于是对尾随的众官员说：“诸位爱卿，这古柏遒劲壮观，未知何时何人所植？”

“万岁，臣奏闻。”大学士和珅未来探梅之前，已经详细盘问过当地花农关于邓尉山的名胜古迹、风土人情，于是站出来说：“明人笔记中提到过这四棵古柏，相传为汉代邓禹所植，距今已有一千余年了。”

乾隆皇帝兴致勃勃地指了指茂如翠盖、清秀异常的一棵古柏说：“谁能用一字概括这棵古柏的特点？”

和珅一听，僵了，用一个字概括一棵古柏的特点，难哪！事先也没有问问花农，怎么回答呢？此时，只见一个花农从山上走来，和珅灵机一动，对乾隆说：“臣以为要知古柏的特点，可以问问花农。”并马上命人把花农叫来。花农春耕农事正忙，见几位衣冠楚楚的白相人盘问古柏的特点，而且要用一个字来概括，心里很不耐烦，看到和珅，觉得面熟，仔细一想，记起了此人正是前几天过来问长问短之人，只是那天顶戴花翎，知道其中必有来历，便说：“让我用谜语来回答吧：孟姜女上坟祭祖灵，佘太君一举扫番兵，姜太公窥见水底鱼，张翼德哼曲不用琴。”

劳思 绘

乾隆帝惊奇地脱口而出："是个'清'字！"和珅以为皇上动怒了，脸一板，大声喝斥花农："大胆刁民竟敢如此狂妄！"随即两位熊腰虎背的彪形大汉上前将花农双手反翦，按倒在地。花农大声说："这是那位当官的所说，怎怨小民？"

乾隆帝将袖子一甩，说："算了，这是朕说的大清的'清'。"两位力士这才放开花农。乾隆帝说："孟姜女上坟祭祖灵，是清明；佘太君一举扫番兵，是清扫；姜太公窥见水底鱼，是清水，都是以'清'为意；

而‘张翼德哼曲不用琴’这句？”

和珅的头摇得像货郎鼓，说：“张飞是个粗人，从未听说他哼曲，不对不对。”

花农说：“张飞确实是个粗人，打盹时鼾声如雷，据说他的鼾声有节奏，呼呼呼地酷似哼曲，所以我把他比喻为‘清唱’。”

这话逗得乾隆帝哈哈大笑。接着乾隆帝指着旁边的一棵古柏说：“此树卧地三曲，形如‘之’字，远望似一只野兽，近看犹如盆景中的老梅桩，这以何字命名为好？不妨也以谜语答之。”

花农应声道：“孟姜女挥泪倒长城，佘太君百岁犹年轻，姜太公直钩钓大鱼，张翼德一喝退三军。”

乾隆帝大声叫绝：“奇、奇、奇！那么那棵古柏呢？”

花农朝着乾隆帝指的那棵古柏望去，只见那棵古柏树干佝偻，半边枯朽，便说：“这个字的谜语是：孟姜女千里把夫寻，佘太君挂帅率家兵，姜太公八十遇文王，张翼德阆州丧性命。”

乾隆帝皱起了眉头问：“这是何意？”

善于拍马奉迎的和珅媚笑着说：“这是古女至古城，古稀之年挂帅，古人遇古王，古人为‘义’升天，全是个‘古’字。”

乾隆帝想了想，点点头说：“这树嘛，确实以‘古’字命名为宜。卿再看那古柏，体如螺丝，斜卧在地，如倒走蛟龙，截一为二而复苏，以何字命名为得当呢？”

和珅说：“据传，这树是雷霆震击一劈为二，这字的谜语嘛……”他想了半天说不出来，便朝花农示意。花农想了想说：“孟姜女大破天门阵，佘太君西天取真经，姜太公月下追韩信，张翼德三打白骨精。”

乾隆帝笑着说：“朕只听得‘穆桂英大破天门阵，唐僧西天取真经，萧何月下追韩信，孙悟空三打白骨精’。你怎么这样胡诌瞎编起来？”

和珅一听乾隆这么说，把脸一沉，朝着花农说：“分明是七拼八凑的谜语，一派胡言，哪有这样的怪事！”

花农连连点头说：“大人说得对，这个谜确实是个‘怪’字。”

“怪？哈哈哈！”乾隆帝乐得仰天大笑，“好！清、奇、古、怪！清、奇、古、怪！”

花农用四个谜语把四棵古柏的特点点神了。从此，司徒庙的四棵古柏就被命名为“清、奇、古、怪”，由此而名扬四海了。

张瑞照　采录整理

# 天池山县官治害

**天池山在苏州城西南三十里处。在半山腰处，有一泓澄清的池水，横亘数十丈，嶙峋怪石倒映水中，突现幻影，风吹池水，瞬息万变。相传池中莲花盛开时节，寺僧在此坐石诵经，虔诚的信徒坐在莲花当中，可以“升天”。那么，究竟能否“升天”呢？请看下面的故事。**

天池山上有一座寺庙，庙虽不大，但香火极盛。主要是庙内供奉着三十六天神，传说，当初在塑天神像时，塑像师父不知天神的面容，难以下手。在一个早上，空中祥云朵朵，三十六位天神突然从天而降，面容映照在天池内，塑像师父看得清清楚楚，由此而塑成了三十六天神。所以说，天池山庙内的天神像，是天神的真正面容。这一传说博得了许多人的相信，那些善男信女都涌到庙内去拜佛烧香。后来又传说，以前天神在天池内露出真容，现在天神在天池内可以渡人“升天”。每年七月初一，当天池内莲花盛开的时候，庙内就举行盛大的佛会，由方丈主持仪式，摆上祭台，点上香烛，和尚们排立两边，双手合十，口中诵着佛经。善男信女们围在池边，焚香磕头，到了中午时分，方丈唱一声“偈”，在善男信女中选一个所谓“有缘”的人，掷进池中的莲花上，叫作“坐莲升天”。人掷在莲花上，很快就会沉下水去，不一会，只见一股水气向上喷涌，高有数丈，方丈当众宣布：这个人已经“升天成仙”了。

天池山属吴县管辖。数年以后，吴县新来了一个王知县。王知县为官清廉，一身正气，反对歪门邪道，他听说天池山可以“坐莲升天”，觉得非常奇怪，决心要去看一看。这年七月初一，他带了几个衙役，来到天池山上。这时，天池边人头攒动，水泄不通。中午时分，由两个年轻和尚把一个老太太抬到池边，抛在莲花上，渐渐沉入水底，不一会，但见波浪翻滚，好似有个庞然大物在游动，接着一股水气射向四方。方丈当众宣布，这个老太已经“升天成仙”了。一会儿，天池中水波平静，好像未发生任何事情一样。王知县看在眼里，心中暗想：这哪里是“坐莲升天”，分明是池中有一怪物在吃人；和尚为骗取钱财，借此宣扬升天，此物不除，不知要送掉多少生命啊。王知县不露声色，装作十分虔诚的样子，对方丈说：“我母亲经常求神拜佛，到了明年，我把她带来，送她‘坐莲升天’，做个神仙，以尽我的一片孝心。”和尚听了十分高兴。

第二年七月初一，王知县早早做好准备，他同母亲分乘了两顶轿子，来到天池山上天池边，看的人依然人山人海，到了中午时分，王知县吩咐衙役：“先向仙人通报一声，送点银子给他，作为见面之礼。”衙役们答应一声，就扛来几大箩筐用银纸包好的卷筒，一筒一筒地向莲花升起的地方抛去，霎时，池水像煮沸了一样，波浪翻滚；那朵莲花也化为白的气雾，向上飘升；随即闻有腥味，水面上露出一张血盆大口。王知县一见，即说仙人开口讨封了，快赏给他一颗“金印”吧。衙役们马上将烧红的铁球，不偏不倚，掷进了怪物的口中，不一会，一声巨响，池中跃起一条水桶般粗的大怪物，落在池边的岩石上，翻滚了几下就死了。那些烧香的、看热闹的都吓得四散奔逃，等到那大怪物一死，大家回过头来一看，原来是一条大蟒蛇，心神才安定下来。

王知县随即说道：“大家都亲眼看到了吧，哪里有什么‘坐莲升天’，原是一条大蟒蛇在吃人，请大家不要再相信‘升天成仙’了。”众人听了王知县的话，个个点头称是。至于庙内的有关和尚，王知县将他们带进衙门，关入监牢，受到了应得的处罚。王知县为天池山除了一害，受到老百姓的称赞。从此以后，天池山上再也没有什么“坐莲升天”了。

潘君明　采录整理

# 莲花峰的传说

**花山在苏州城西南三十里处，与天池山相背。山顶上有几块巨石，形似盛开的莲花，名“莲花峰”，雄伟壮观，被誉为“吴中第一峰”。这莲花峰是怎样产生的呢？有个神话故事。**

还在盘古开天辟地的时候，天和地分开来了，天逐渐升高，地慢慢宽广，日月星辰、草木鸟兽以及人类相继出现。可是，天的东南方缺了一块，望上去恰似一个黑洞，深不可测。

女娲娘娘神通广大，她腾空飞到天上，仔细察看那缺的一块，很大很大，心想：天上缺了这么一大块，望上去难看不说，万一天塌下来，天和地又要合起来了，地上的人就没法活了。于是，她决心要补天。补天要用五彩石料，她就到昆仑山上去劈山炼石，并召来了天神天将，叫他们将石料挑到那黑洞旁边，还交代说：“此乃天机，不可向凡人泄露，要是凡人知道了，他们会害怕的。所以，你们挑石料只能在晚上去挑。”天神天将们听从女娲娘娘的吩咐，每天晚上去昆仑山挑石料，送给女娲娘娘补天。

女娲娘娘补了七七四十九天，天快要补好了。她对天神天将说：“每人再挑一担就够了。”天神天将们非常高兴，每人挑了满满的一担，向天上走去。其中有个天将想：这是最后一担了，要装得多一点。他选了几块既巨大又好看的石头，挑着向天上送去。由于他选石料耽误了时间，当他路过苏州上空时，公鸡啼了，天已亮了。起早的人们隐隐约约听见天上有脚步声，抬头一看，只见一个汉子挑了一担石头，在云朵里快步奔走，于是高声喊道："大家快来看呀，有人在天上挑石头。"大家听见了喊声，都走出屋来观看。这喊声也被天将听见了，他想："女娲娘娘说过，补天是天上的机密，不可泄露，现在凡人都知道了，怎么办？也罢，天也补好了，石料也用不着了，不如将这一担石料倒在这里。"想毕，就将一担石料往下一倒，不偏不倚，正好倒在苏州西南方的一座山上，几块大石矗立在山顶。

这时太阳已经升起来了，由于石料是女娲炼过的，色呈五彩，阳光照在大石上，发出夺目的光彩，远远望去，好似一朵盛开的莲花。因此，这山峰就叫作"莲花峰"。

潘君明　采录整理

# 一夜凿出五十三参

**游览花山，总要上山去看莲花峰。但上山的道路没有台阶，十分难行。当年乾隆皇帝要游览花山时，在一块大石上凿出了五十三参，从此有了上山之路。你可知道，这五十三参是怎样凿出来的吗？有个神奇的故事。**

凡在山上的寺庙，几乎都有“五十三参”，所谓“五十三参，参参见佛”。香客从五十三参进入庙内，参拜佛像。这五十三参就是五十三个台阶。其他地方的五十三参，都是用长石条铺砌而成，而花山上的五十三参，是在一块巨石上，而且是一夜之间凿出来的。

相传，乾隆皇帝下江南来到苏州，他听说花山上古树异花，奇石众多，风景非常优美，就想到花山去观赏一番。他把这个想法告诉了苏州知府，知府立即通知了花山寺方丈，叫方丈做好准备。方丈听到这个消息，既高兴，又犯愁。高兴的是，皇帝来游览花山，那是花山的幸事；犯愁的是，皇帝到花山，必然要上山去看莲花峰，而上莲花峰的山道，都是土坡路，很难行走，皇上走在上面，万一出了事故，这个罪名可担当不起。为此，老方丈十分着急。有个小和尚知道了，就对方丈说：“上莲花峰那里有一块巨石，何不在这块巨石上凿出石阶来，上山不就方便了吗？”老方丈一听，想想也对，但要在一夜之间凿出五十三个台阶，谈何容易。小和尚又说：“师父，这个不难，寺内和尚石匠出身的不少，五十三个台阶可以叫五十三个和尚一齐动手，不消多少时间，准能凿出来。”

于是，老方丈叫来五十三个和尚，领到那块巨石处，要他们一人凿一个石阶，并要求在天亮之前凿好。五十三个和尚立即动手，在灯笼火把的照耀下，只见榔头、凿子在手中飞舞，叮叮当当响成一片，石上火星四溅，碎石随处乱飞。不到半夜，五十三个台阶已经全部凿好，而且，根据巨石的形状，凿得非常自然，极有姿态。方丈看后非常满意。

第二天，乾隆皇帝来到花山，上山去看莲花峰，走在五十三参石阶上，感到非常轻松。他一看石阶是新凿出来的，就问老方丈是怎么一回事，老方丈如实做了汇报。乾隆听后，慨叹地说道："这五十三个和尚，分明是佛的化身，不然，一夜之间怎么能凿出五十三参来？"

潘君明　采录整理

# 布袋石

**布袋石在花山的上山路上。路中间有一块大石，上小下大，形似布袋，并刻有“布袋”两字。这块大石因何称“布袋”？它有什么出典？当地百姓是这么说的。**

每个寺庙的正山门内，都塑有一尊弥勒佛像，胖胖的脸上总是笑眯眯的，很讨人欢喜。弥勒佛身上背一个布袋，所以也叫“布袋和尚”。这个布袋是弥勒佛的法宝，叫“乾坤袋”。布袋能大能小，大到可以装进五湖四海，小到可以捏在手掌之中。

这天凌晨，弥勒佛从天庭玉帝处朝拜回来，路过花山上空，望见山上林木茂盛，树上结满了果子，飘出阵阵清香。原来，花山上种满了栗子树，栗子即将成熟，所以香气冲天。弥勒佛非常高兴，心想，何不下去采点栗子吃吃，尝个新鲜。于是他落下云头，来到花山栗树丛中，拿出布袋，将采下的栗子放进袋内。他想多采一点，装它满满一布袋，回去分给众仙尝尝。这时，弥勒佛完全忘记了布袋是个法宝，是怎么也装不满的。他采呀采呀，采到将要日出时分，听见山脚下有脚步声。他怕被凡人发现，急匆匆地背起布袋就走，由于走得太快，跌了一跤，布袋掉在地上，栗子滚了一地。这个布袋，在弥勒佛身上是法宝，在地上就变成了石头。

现在，在花山的上山路上，有一块像布袋的石头，就是当年弥勒佛掉下来的。在石头上有“布袋”两字，这个“袋”字写得很特别，“袋”字上面的一点，像掉下来似的，写在一横之下，变成了“袋”。为啥这样写，因为布袋是掉下来的么！

潘君明　采录整理

# 狮子山的传说

**狮子山，又名乍山、岝崿山，在苏州城西南高新区境内，因形似狮子而得名。狮子山呈南北走向，长约500米，高约110米，与虎丘山遥遥相望。传说，狮子山里藏着宝贝，这宝贝怎么取呢？能取出来吗？有个故事。**

老话说："山山都藏宝，有福的人能得到，无福的人得不到。"苏州城西南有座狮子山，山虽然不大也不高，但山里却藏着宝贝，就是没有人能拿出来。

有一年，有个江西人来苏州寻宝，他在狮子山周围兜了一圈，看出狮子山里藏着宝贝，而且，他还找到了山的凹陷处，发现有一块三四丈的大石竖在那里，石上长满了青苔。江西人知道，这就是山门，开门进去就可以取宝，但开门要有钥匙，这钥匙在哪里呢？

江西人老是在山脚下打转。有一天，他来到一家豆腐店买豆浆喝，看见门口有一台旧石磨，石磨的牙齿都磨平了，但磨上的手柄还在。江西人仔细一看，这不就是开山的钥匙么！他心里一阵狂喜，对店老板说："你这旧石磨放在这里没用，倒不如送给我吧。"老板对江西人望望，是个外乡人的打扮，心想：一个外乡人，要这旧石磨有何用，不如敲他一点银子，看他会怎样。便说道："我这石磨虽已用旧，却是祖上传下来的，怎么能随意送人，你若想要，需给些银子。"

江西人想：给点银子是小意思，只要能拿到这把钥匙，开门进山，不知能拿到多少金银宝贝呢！即问道："你要多少银子？"店老板说："起码得十两吧。"江西人道："十两就十两，不过，我今天银子带得不多，明天带银子来取吧。”店老板原是随口说说，开价不算小，不想江西人一口答应。江西人走后，店老板想：这个江西人真是戆大，花十两银子买一个旧石磨；再一想，不对呀，他为什么肯出十两银子买个旧石磨呢，其中定有奥妙，等他明天来时，一定要问个究竟。

第二天，江西人带了银子来买石磨，店老板十分狡猾，说：“我这个石磨是祖传之宝，轻易不肯卖出，除非你讲明买去派啥用处，我才肯卖给你。”江西人觅宝心切，又见老板执意要知道这石磨的用处，只得无可奈何地说：“这狮子山是一座宝山，山里藏着许多金银珠宝。山边的一块大石是山门，门上有个小洞是锁孔，把钥匙插进去门就开了，没有钥匙就不能开门。这石磨原是一把钥匙，打开了大门，就可以进山取宝了。”老板听江西人一讲，心里想，原来有这等大好事，怪不得你肯出十两银子，由得你去取宝，还不如我自己去取。于是笑嘻嘻地说道：“我给你实说了吧，这石磨是家传的宝物，怎么能随便卖掉，卖掉了对不起祖宗呀！”江西人知道店老板不肯卖了，就唉声叹气地走了。

当天夜里，老板和妻子带了布袋，悄悄地来到狮子山，找到了那块凹陷的大石，把石磨手柄插进石上的洞中，石门就开了。夫妻俩走进洞内，有两只小狮子迎了上来，将他们带到山洞深处，只见满地尽是金银珠宝，夫妻俩高兴万分，尽力将金银珠宝装进袋内，装了一袋又一袋，装得两人筋疲力尽。当他们想离开时，两只小狮子却不见了，石门也关上了。夫妻俩在洞中东摸西摸，再也摸不出去，最后闷死在了山洞里。

这是为啥呢？原来，江西人没有将取宝的诀窍全部告诉给店老板，取完宝必须在天明前离开山洞，如果错过了时辰，山洞门会自动关上。店老板不知诀窍，为了多取宝贝，延误了时间，结果送掉了性命。

据老辈人说，由于开山门的钥匙被老板带进了山洞，狮子山的石门再也无法打开，宝贝一直藏在山里面，要等有福的人去开了。

潘君明　采录整理

# 上方山汤斌斗邪神

**上方山，因山有楞伽寺，又名楞伽山，在苏州城西南横塘镇之南。山上有一座古庙，庙内供奉着五个老爷，俗称“五圣”老爷。旧时，庙内香火极盛，迷信活动十分猖獗。清朝康熙年间，江苏巡抚汤斌亲自取缔这一迷信活动，在民间传为佳话。**

相传，八月十八日是“五圣”老爷生日，每到这天，到庙内烧香的人络绎不绝。“五圣”老爷是管钱财的，他可以把钱借出来，叫作“借阴债”，借到以后，你就会财运亨通，发家致富。所以，这一天到庙内烧香的人特别多，不仅有苏州的，还有上海的、浙江的，尤其是那些做生意的和家道贫穷的，纷纷上山进香，向庙内去“借阴债”，企望自己快快发财。

什么叫“阴债”呢？就是向庙里的老爷借几只“纸锭元宝”，带回家去。借了阴债也要还，今年借四只，明年还八只，后年要还十六只，年年加一倍。父辈去借了，儿子也要还，一直还下去。所以说“上方山的阴债还勿清”。因而，每年八月十八这一天，上山烧香的人特别多，有手提香篮的，有肩挑香担的；有父子俩来还债的，有夫妻俩来还债的……真是人山人海。庙里挤不进去，就在庙外烧；庙外挤不上去，就在山路上烧。从山脚下到山顶上，无处不烧香，无处不点烛，到处是烟雾弥漫，火光闪闪。这一天究竟烧掉多少香烛，是无法计算的。这不仅是个极大的浪费，也给环境造成了污染。

清朝康熙年间，大学士汤斌出任江苏巡抚，住在苏州。他为官清廉，为人正直，不信邪，不信神。他听说上方山迷信活动十分猖獗，立即开展调查研究，原来，所谓“五圣”老爷，完全是巫婆编造出来的，至于“借阴债”，主要是为了骗取百姓钱财，纯粹是一派胡言。

这年八月十六日，汤斌召集地方官员来到巡抚衙门，要求他们取缔这一迷信活动。可是，地方官员没有一个表示同意，都说：“上方山上的老爷灵得很，谁触动了他，谁就会倒霉。”汤斌说：“你们当官的都这么相信，那就难怪老百姓了。朝廷命官都不敢出来取缔邪神，那谁还敢出来取缔呢？”又说：“你们怕，我却不怕，明天我亲自去取缔。”

第二天傍晚，汤斌身穿官服，带了一班衙役来到上方山。这时，巫婆正在装神弄鬼，玩弄“借阴债”的把戏。汤斌当着众人的面将巫婆抓了起来。巫婆一看是朝廷官员，吓得浑身发抖，神也不像神了，马上叩头求饶。汤斌叫巫婆将装神弄鬼的事向香客说了一遍，香客听后如梦初醒，才知道上当受骗。接着，汤斌拿出铁链，一端绕在自己的脖颈上，一端缚住神像，用足力气，将神像一个个拉倒在地，跌得粉碎。汤斌叫衙役将神像从庙里拖出来，凡是木做的，焚火烧掉；泥做的，丢进石湖里。临走时，汤斌又将巫婆带到衙门，给予严惩。从此，作祟了数百年的上方山“借阴债”迷信活动，销声匿迹。

以后，虽然有过死灰复燃，但到任的官员也仿照汤斌的做法，将神像推倒，丢进石湖里。所以，上方山的迷信活动一直没有再兴起来。

潘君明　采录整理

# 太湖为啥不是圆的

**太湖地处长江三角洲，位于沪、宁、杭的中心，是中国五大淡水湖之一。古称“湖面三万六千顷”，“周围八百里”。在人们的心目中，太湖是圆的，圆得像一面镜子。但实际上太湖不是圆的。为什么呢？还在很久很久以前，就发生了这么一个故事。**

传说，很久很久以前，有一年，王母娘娘要做寿了，玉皇大帝想筹办一份丰厚的寿礼送给她。送啥礼物呢？玉皇大帝横想竖想，想了六六三十六天，才想定当。玉皇大帝挑选了四十九名能工巧匠，花了六百四十个人工，用了八百一十斤银子，浇铸成一只大银盆。玉皇大帝还亲自在自己的宝库里挑选出七十二颗最大的翡翠，叫心灵手巧的司工天神嵌在银盆里。银盆里还放着五色玉石雕琢的千姿百态的各种飞禽走兽。这件礼物做好后，玉皇大帝高兴呀。近看看，真是一只啥也没法跟它比的聚宝盆；远望望，活像一只精致的大盆景。看得玉皇大帝的手脚都舞动了起来。

王母娘娘做寿那天，玉皇大帝一大清早，就赶紧派遣四大金刚抬着银盆去送寿礼。王母娘娘看到这件做工精巧的贵重礼物，真是高兴得眉开眼笑，连嘴都合不拢了。各路仙人也都对银盆赞不绝口。王母娘娘怕这件宝贝被妖精偷掉，马上关照收藏起来，并且命令三十六个天兵天将日夜看守，不许有丝毫松懈。

再说，孙悟空在天宫当了弼马温，王母娘娘做寿，没有请他去参加蟠桃会，因此，孙悟空发了脾气，大闹天宫。他见一样打一样，打到王母娘娘的宝库里，看见这件宝贝，不管三七二十一，也就一棒打上去。银盆便从天上落下来，跌到地上砸了个大洞，银子化作白花花的水，形成了现在的太湖。七十二颗翡翠变成了七十二座山峰，分布在太湖当中。玉石雕刻的鱼，就是现在太湖里肌白如银、肉嫩味鲜的银鱼。玉石雕刻的飞禽，变成了对对鸳鸯。只是走兽没有活的，不是被齐天大圣的金箍棒打得粉身碎骨，就是落在水里淹死了。

玉皇大帝送给王母娘娘的那只银盆，原来是滴溜滚圆的，因为挨了齐天大圣一棒，变了形。这就是现在的太湖不是圆的的原因。

李洲芳　采录整理

# 太湖七十二峰

**太湖中有大小岛屿七十二个，号称“七十二峰”。明代大学士王鏊写有《七十二峰记》，将七十二个岛名一一列出，十分详细。太湖原是一片汪洋，怎么会有如此多的岛屿呢？有个秦始皇赶山的故事。**

我国五大名湖中，要算太湖里的山峰最多。太湖中为啥有这么多的山峰呢？这要从秦始皇南巡说起了。

秦始皇统一六国以后，他知道国家的地盘很大，但不知道究竟山有多少，水有多少，田有多少，就派出大臣到全国各地去丈量。丈量后，大臣们回来报告说：“我国的地盘是‘三山六水一分田’。”秦始皇一听，觉得山太多，水也太多，就是田太少了。

怎么办呢？秦始皇想：我有一根赶山宝鞭，何不把山赶到水里去。这样一来，不就山也少了，水也少了，田就多了么！

秦始皇带着赶山宝鞭，到天下去巡游。他巡游到太湖边上，只见湖水望不到边沿，太湖好大啊！一问当地官员，说有三万六千顷。再看看太湖边上，山峰一个连着一个，一问当地官员，说有三千六百个。

秦始皇一边看，一边想：这里是湖大山多，正好把山赶到湖里去。于是，秦始皇举起赶山鞭，看到一山挥一鞭，挥起一鞭赶一山，一会儿这里“扑通”，赶下一座山；一会儿那里“扑通”，又赶下一座山，把个太湖闹翻了。

太湖接近东海，属东海龙王管辖，虾兵蟹将立即将此事向东海龙王报告。东海龙王一听，心里急啦：把山头赶到湖里，我的子孙没有地方蹲啦，我的地盘也缩小啦，倘若让他再赶下去，湖海都填平了，我住到啥地方去？

东海龙王急得团团转，想来想去没有办法。这时，他的小女儿来了。小女儿聪明伶俐，一见父王这个样子，便问道：“父王，你为何这般模样？”龙王把秦始皇赶山填湖的情况说了一遍。小女儿想了想说：“父王不必着急，女儿自有办法。”接着，便附在龙王耳边说了几句，龙王大喜，连声说道：“好！好！就这样办！”

再说，秦始皇在湖边赶山，每天赶下九座，一连八天，一共赶下七十二座山。这天，秦始皇拿着鞭子，来到一座高山下，正要举鞭，忽见山脚下有间草屋，屋里有个姑娘在纺纱。秦始皇走近一看，啊，这姑娘多漂亮呀！心想：我见过天下多少美女，哪一个比得上她？秦始皇连赶山也忘记了，立即叫人把姑娘抢进了皇宫。

晚上，姑娘和秦始皇一起喝酒，秦始皇喝得酩酊大醉，像死猪一样睡着了。这时，姑娘偷偷地找到赶山鞭，一阵风似的离开皇宫，回到东海龙宫里去了。

原来，姑娘就是东海龙王的小女儿，她知道秦始皇好色，变成一个漂亮的姑娘，故意让秦始皇抢去，好拿掉他的赶山鞭。

现在，立在太湖中的七十二峰，就是当年被秦始皇赶下去的。后来，秦始皇失去了赶山鞭，就没法赶山了。要不，太湖中的山头还要多呢！

潘君明　采录整理

# 天下第九洞

**天下第九洞在太湖洞庭西山的林屋山西部，也称“林屋洞”。洞内广如大厦，立石成林，顶平如屋，故名“林屋洞”。据道教经典记载，天下有十大洞天，此为“第九洞天”。因洞体如龙，也称“龙洞”。那么，这个幽深的山洞是怎样产生的呢？有个神奇的故事。**

传说，东海龙王有十个儿子，在分封水国的时候，只有他的第九个儿子九龙愿意离开东海。因此，龙王把太湖水域给了他，封他做了湖王。湖王带着虾兵蟹将来到太湖，只见湖底朝天，滴水全无，沿岸的禾苗都枯焦了；路无行人，村无炊烟，处处是一片破败的凄凉景象。湖王当即张开大嘴喷水，下了一场大雨，从此大地回春，百草返青了。

这时，水面上突然奔来一位美丽的姑娘，对着湖王跪拜道：“感谢大王的救命之恩！”湖王问：“你是何人？”姑娘答：“我是太湖的碧波仙子，因我不愿和夏妖成婚，他便放火要活活地烧死我，亏得我躲藏在深井里，但已奄奄一息啦，幸亏大王下雨，才救得我一命。”碧波仙子说完，便翩翩起舞，双手舒展着翠绿色的长袖，嘴里哼着好听的歌曲，踏着水波飘飘而去。

碧波仙子还活着，居然又唱歌又跳舞。夏妖知道后，愤怒极了。他张开血盆大口，对着太湖狠狠地连喷三口大火。茫茫太湖八百里，浩瀚水面三万六千顷，居然经不起夏妖的三口火。只见得一口火，太湖水，滚滚煎；二口火，太湖黑，冒青烟；三口火，太湖白，底朝天。湖王也险

劳思 绘

些被大火烧伤。碧波仙子呢，没人知道她的吉凶。

湖王惦念着碧波仙子，赶忙张口喷水，转眼之间，太湖里又白浪滔滔，天水相接。碧波仙子又出现在湖王的面前，感谢他的救命之恩。湖王为了救护碧波仙子，就用他那威力无穷的神水，在林屋山里凿了一个美丽非凡的水晶宫。洞里有雄伟壮观的金庭玉柱，有九曲十八弯的空中长廊，有拔地而起的石笋，有参差不齐的倒悬塔林，有展翅欲飞的石燕，有大小不一的石蘑菇，有清脆悦耳的石钟石鼓，有幽雅别致的石床。湖王就请碧波仙子住在这个绝妙而又秘密的宫殿里。

俗话说，世上没有不透风的墙。不久，夏妖得知了碧波仙子的下落，便来找湖王算账。夏妖对着湖王喷火，湖王对着夏妖喷水。一连斗了七天七夜，不分胜败。碧波仙子急中生智，对着夏妖的大嘴巴掷了一把太湖里的黄沙。夏妖呛了一嘴黄沙，顿时火焰熄灭，光冒黑烟。

夏妖见势不妙，拔脚就逃。湖王用水把他围住，碧波仙子又向他连掷三把黄沙，一霎时火绝烟灭，湖王把他擒住斩了。杀死夏妖的地方，就是现在的“镇夏”。

自从灭了夏妖，太湖就再也没有干过。湖王把王府安在林屋山的水晶宫里。因为他是老九，所以大家叫它“天下第九洞”。

碧波仙子呢，搬出了水晶宫，回到了烟波浩瀚的太湖里，依然唱着歌，跳着舞，过着自由自在的快乐生活。

李洲芳　采录整理

# 石湖

**石湖位于苏州市郊横塘镇西部、上方山东侧。周围约10公里，面积3.7平方公里。这个湖是怎样产生的？又为啥叫石湖呢？有个传说。**

很久以前，湖边住着一对朋友，一个姓石，一个姓范。姓石的富，但没有儿女；姓范的穷，却有四个儿子。有一天，姓石的请姓范的到屋里吃酒。因为台子不平，就拿出四个金元宝垫了台脚。吃过酒后，姓范的回到家里很不高兴，对妻子说："姓石的真欺人，台脚摆不平用四只金元宝垫，分明是在我面前夸耀他家的富有！"妻子听了说："他请你吃酒，你也可以请他吃酒呀，以礼还礼么。"丈夫有点尴尬，说："我们家里穷，比不过他呀！"妻子就告诉他如此安排，笃定泰山。

范家的台子是石做的，放在露天。姓石的来吃酒了，刚斟上一杯酒，屁股坐到凳子上，姓范的妻子就出来了，说："啊呀，台子怎么放在外面，害石老爷晒太阳，快点搬进去。"随即扭过头去喊："阿大，阿二，阿三，阿四，听着，马上把石台子搬到廊屋里去。"屋里走出来四个身强力壮、五官端正的小伙子，一举手，把石台子搬到了廊屋里。

姓石的一看面孔发烧，心想：我用金元宝垫台脚，他叫儿子搬台子，这明明是嘲笑我没男没女，心里真是气啊！老话说，天有不测风云，人有旦夕祸福。这天，突然刮来一阵大风，吹得天动地摇，跟着就发大水，人家纷纷逃命。姓范的和他的四个儿子逃得快。姓石的要搬金银珠宝缺人手，结果，连人连房子连金银珠宝统统沉到水底下去了。后来，此地就变成了湖。因为姓石的人家沉了下去，所以就叫它"石湖"。

袁震　采录整理

# 金鸡湖

**金鸡湖位于苏州市相门外工业园区境内，长3.9公里，最大宽度2.9公里，面积6平方公里。湖水清清，帆影点点，景色十分优美。湖名因何叫“金鸡”呢？很发人遐想，欲知它的来历，请看下面的故事。**

金鸡湖原来叫大东荡，水面非常广阔。据说东面的边岸正是现在的昆山；南面连带着八百里太湖；西边的岸滩上生满了丛丛芦苇。芦苇深处有个青龙滩，滩上住的都是打渔人家。渔民中有个青年后生①，名字叫金哥。此人浓眉大眼，身材魁梧，两条臂膀有粗花大碗那么粗，自小没有爷娘，年纪二十五还赠娶老婆。

这一天正逢中秋，大清早天上就起了乌云，照行家看天象的说法是“乌云满天飞，渔船把港归”，意思是大风大雨就在眼前。金哥这个人，虽然力气比较大，但家里穷得像水里拉上来的破网——滴滴答答。因为二十年前父亲死的时候，棺材费用是向郝大头借的，背了一身债，不管怎么还，总是还不清。今天正逢中秋节，郝大头天未亮就上门来讨债。金哥是个硬汉子，为了付利钱，明知下湖要遇到风暴，还是拿起了破网，划起了双桨，下了东大荡。

天气说变就变。金哥刚把鱼网撒到水里，万顷水面忽然顺着风势滚动起来，浪头越来越大，把一艘小小的渔船，一会儿捧上浪尖，一会儿摔到浪谷，七上八下，小船只能在浪里打旋转。不过，金哥到底是喝东大荡里的水长大的，敢与大浪搏斗。忽然，他听到一声“咯咯咯”

的鸡叫声。金哥先是一呆，心想，这里四下除了水还是水，哪来的鸡？又一想，必定是打鱼的人在湖上遇险，船翻了，连鸡也发出呼救声。他就手搭凉棚察看，好不容易才发现，湖心中有一个小土墩。可是，那小土墩的前前后后，水急得很，旋涡直转，小船根本无法靠上去。金哥耐着性子，用足力气，顶风劈浪，一连划了三十六次，都没有成功，到第三十七次，小船才好不容易靠了岸。可是，他一登上岸，那小船滴溜溜地被大风浪卷走了。

这湖心的小土墩上，住的不是普通人家，而是天上落下来的一只金鸡。这时，它正在和一条三丈长的大蜈蚣搏斗，蜈蚣的牙像钳子一样，紧紧地咬住了金鸡的右腿，金鸡也不畏强暴，用嘴啄住蜈蚣的尾巴不放。金哥看到了这一情景，原来是一条凶恶的蜈蚣在欺侮金鸡，他火冒三丈，顿时手起桨落，将蜈蚣打成几段，蜈蚣死了。金鸡把头点个不停，像是在说："谢谢！谢谢！"

金哥回头一看，那打断的蜈蚣，一霎间已变成一段一段的金链条。金哥十分惊异，拾起一段仔细一看，不信是真的。可是那金鸡在连连点头，好像在对金哥说："真的，真的，你收下吧。"

这时候云散天晴，风平浪静，那只漂走的小船又漂了回来。金哥带了一段金链条就上船走了。金鸡在后面欢叫着，好像在向金哥送别。

金哥回到青龙滩，头件大事就是去还郝大头的债务。郝大头瞟了他一眼，拿起一把十七挡的算盘，的的笃笃一算，说一共欠了他银子三百七十两。郝大头没想到这金哥这么爽气，还给他的是一段金链条，称一称，足有几斤重。

郝大头弄得目瞪口呆，顿时起了疑心，他四处放风，说金哥是个江洋大盗，还一张状子告到衙门，诬陷金哥掘了他家老祖坟，盗走了金银财宝。就这样，金哥被拿到知县大堂，在审讯中，金哥起初不肯吐露真情，但县官收了郝大头的贿，动用了夹棍重刑，金哥只好把经过说了一遍。县官和郝大头听得眉开眼笑，一边说："光天化日，哪里有这等好事。"一边暗地里立刻叫手下人备了一条大船，开到东大荡去取宝。

县官和郝大头都是贪财鬼，登上湖心里的小土墩后，四只眼睛四处溜转找金子，果然发现了一段段的金子，便吆喝手下人往船上搬。谁知，金子性重吃分量，把一只大船装得快要进水了。可两人还在吆喝："装！装！"后来又心生邪念，拍着自己的脑门骂道："傻瓜，猪脑子，搬金子不如逮金鸡好，有了金鸡，还怕没有金子？"于是，两人就去捉金鸡。他俩张开手臂，弓着身体围拢过来，果真把金鸡逮住了。

不过，他们的大船行到湖中心，金鸡突然发起威来，它一拍翅膀，便扇起一阵狂风巨浪，霎时间湖水翻腾咆哮起来，大船只颠了三颠，船底便朝天了，县官和郝大头也葬身鱼腹。那金鸡呢，无影无踪了。

从这以后，打鱼人在湖里打鱼，每天都能捉到许多鱼虾，增加了收成。据说这是金子打翻在湖里的缘故。还有人说，每当天将亮的辰光，可以看见金鸡在水上踱着步子，所以，东大荡就叫"金鸡湖"了。

薛良材　马汉民　采录整理

**注解：**

①后生：苏州方言，即青年人。

# 三、园林篇

# 拙政园的传说

**拙政园在苏州市娄门内东北街。明朝正德年间，由御史王献臣在此筑园，园分东部、中部和西部，规模宏大，景点众多，是江南最大的古典园林，也是全国四大名园之一。王献臣死后，他的儿子继承家产，一夜之间偌大的一个园林即属于他人，是怎么一回事呢？**

明朝正德年间，朝廷有个御史叫王献臣。此人权势很大，专管各地官员的政绩。一般地方官，为了保牢自己的乌纱帽，都暗地里向他行贿。王献臣做了几年御史，捞足了油水，变成个大财主。

老话说，羊尾巴遮不住羊屁股。日脚久了，御史这个肥缺，引起了朝廷其他官员的眼红。官场中勾心斗角，互相排挤，真是“强中自有强中手，硬柴自有硬虫钻”。王献臣官场失意，罢官后就带着家眷来到苏州，买了大片土地，造了一座大花园，想住在这里享享清福，安度晚年。

花园造好了，要取个园名。诸亲好友送来不少风雅的园名，请主人挑选。王献臣一个也没有看中。由于他对当朝权贵心怀不满，又算对自己过去的政绩表示谦恭，便取了晋代潘岳的一句话：“灌园鬻蔬，以供朝夕之膳……此亦拙者之为政也”，把花园取名为“拙政园”。从此，王献臣在拙政园里整天怡情养性，逍遥自得。

王献臣有个独养儿子，从小娇生惯养，被当作心肝宝贝一般。这孩子不喜欢读书，长大了不学无术，可吃喝嫖赌样样精明。王献臣老来体

梅云　绘

弱多病，想到自己死后，家财肯定要被儿子败光，整日忧心忡忡。

一日，王献臣去玄妙观白相，看到算命先生张铁口在拆字，口口声声说“问家不必讲出事由，拣个字一拆就准”，便想卜卜自家的祸福。张铁口眯起双眼，一看这位老太爷脸色萎黄，以为他是来卜问病情的，就叫他从行头箱里抽出一个字来，真是无巧不成书，拆开一看，是个“拙”字。王献臣好生奇怪，正疑虑辰光，张铁口仰着头，满面堆笑地说：“恭喜你老人家，照字面上看，拙字从‘手’从‘出’，你所要问的事情‘挥手即去’。”张铁口原以为此番马屁拍得不错，说完后故意哈哈大笑起来。这一笑，却刺痛了王献臣的心。张铁口哪里晓得，王献臣拆字，是想问问能否保住自己的花园，如今说是“挥手即去”，这明明是恶兆。王献臣回到家里，病倒在床，隔了几天，竟见阎王去了。

王家料理丧事以后，王献臣的儿子成了一家之主，越发无人管束，整日挥金如土，和一帮狐朋狗友赌钱行乐。他还花了一大笔银子，扩建了拙政园，在园子的西面又买进一片地基，开了一个洞门，里面曲桥回廊造得更加别致。特别是建在水面上的一座大厅，分前厅、后厅，四面还有小耳房，更加富丽堂皇。窗上镶着彩色玻璃，朝外望去，小桥荷花，相映成趣，风景格外秀丽。大厅落成之日，亲朋好友前来祝贺，送来不少名贵的礼物。正在热闹时，仆人禀报外面有位远道而来的客商求见，送来了十分好看的花树。这位主人虽然不学无术，但爱花如命，连忙出去迎见，见客商送来的花树，株株颜色勿同，朵朵鲜艳夺目，忙问这叫什么花？客商一见主人连山茶花都不认识，心想敲竹杠的机会来了，便吹牛说是从云南运来的，叫“曼陀罗花”，又天花乱坠地形容了一通。主人心中高兴，连忙请他入厅进宴。客人们也都随声附和，把花树捧了一番。这送来的花树共有十八棵，当时有个文人便给大厅起了个名字，叫“十八曼陀罗花馆”。这位客商吃饱喝足，拿到了一大笔钱，便扬长而去。

没过多久，这位好赌的主人，竟在一夜之间把拙政园当赌注输给了别人。事后他懊恼地说：“爸爸教我读诗文，我是怕记怕背读勿进，我自以为赌起铜钿蛮精明，结果却倾家荡产输得干干净。”

张铁口的妄言自然当不了真的。不过，后人都说王献臣生前得的是不义之财，所以到头来还是叫儿子败光了。

金煦　杨彦衡　采录整理

# 见山楼

**见山楼在拙政园东部，取陶渊明“采菊东篱下，悠然见南山”的诗意命名。太平天国时，忠王李秀成进驻苏州，他的办公室即设在见山楼上。请读下面的故事。**

这年，太平军打进苏州城，领兵的是忠王李秀成。他骑马进城，想要找个落脚办公事的地方，经人指点，来到东北街的拙政园。

李秀成进园一看，亭台楼阁，月门水廊，虽说年久失修，但仍十分幽雅，就想在此地住下来。要住，说来蛮便当，但在园里走了一遭，倒也难寻个妥当的地方。亭子太小，厅堂太大，水榭好看不实用，小阁太高不方便，敞轩透风没遮拦，走了不少地方都没有找到合适的。最后他看到一座楼，建造在假山旁、水中央。虽说是楼，偏偏楼上楼下不相通。从下面平地进去，像上了船；从盘转回廊进去，像登上山。推窗一看，有山有水，一看便知能人设计，巧匠砌造，与众不同。这就是“见山楼”。忠王一看觉得蛮好，便选中此处，住了下来。每天早晨他起床以后，便在楼上推开窗户，四面眺望，远山近水尽在眼底，心胸格外开阔。

有一天，北园有个老农民起早割草，登上了紧靠拙政园院墙外面的一个土墩。他猛一抬头，看到拙政园里的见山楼上，有一个用黄绸包头的人在向外张望。他无意间朝这人看看，不料那人却有心朝他笑笑。老农民感到很奇怪，事后一打听，才知道这个黄绸包头的人，就是鼎鼎大名的忠王李秀成。这消息一传十，十传百。从此以后，每天早上，老百姓都三五成群站在园外的土墩上来看忠王。时间长了，他们碰到什么事情都来找忠王说。忠王从老百姓嘴里晓得了许许多多事体[①]。

有一次，阊门外山塘街有两个新入伍的太平军，强买了虎丘农民挑进城来的两筐菜。第二天，有人来到拙政园外的土墩上，把这件事说给忠王听。忠王立刻派人查明，严肃军纪，处罚了这两个违法的太平军。这事情传出去以后，便再也没有发生过这种事情。大家对忠王也更加敬仰，来看忠王的人更多了，连拙政园外的土墩，也被千人万脚踏平了。忠王每天在见山楼上，朝外望到的却是一座又一座的人山。

钱正　采录整理

注解：

①事体：苏州方言，即事情。

# 留园冠云峰

**留园在苏州市阊门外留园路。园内有一巨石，名“冠云峰”，高6.15米，清秀挺拔，有“江南园林峰石之冠”的美誉。冠云峰出自太湖，原本要送往京城，装饰御花园，后来没有运走，留在苏州。为什么呢？有个神奇的故事。**

宋朝辰光，苏州朱勔和父亲朱冲，堆土叠石，建造园林，有一身好手艺，当时人送给他们一个外号，叫作“花园子”。花园子朱勔，很会动脑筋，一堆乱石到他手里，可以布置成曲径幽洞，险峰深壑，奇趣无穷。

有一年，朱勔来到太湖的洞庭西山。这里出产太湖石，是建园叠造假山的理想材料。这种太湖石，千百年来被波涛冲刷，纹路柔曲圆滑，涡洞空灵奇巧，用它们来装点园林，具有天然意趣。朱勔就是为了选太湖石到这里来的。

晚上，太湖上空，一轮明月，满目清辉。朱勔兴致勃勃地在湖边仔细察看半在水中、半在浅滩的一块块奇石。风平浪静的湖面，忽然像一锅鼎沸的开水，浪涛翻腾，在一团雾气缭绕中，从湖里冒出一块太湖石来。朱勔先是吃惊，继而狂喜，因为凭他丰富的经验，能一下子就看出这块太湖石不同寻常，是珍品中的佼佼者。这时他眼中只有那块太湖石，竟忘了一切，欢呼着向湖中扑去，想抱住那块太湖石。但是，他刚跨出步子，就被人拉住了。

“相公，你这样下去，太危险了！”是一个女子的声音。

朱勔回头一看，果然是位少女。他发急地说：“快放开我，让我去把那太湖石捞上来。”

少女拉住他不放：“你不要命了！”

朱勔跺着脚，回答道：“为这奇石，丢了命也值得！你快放开我，放开我！”

少女微微一笑，松了手。朱勔急忙转过头去，但经这么一耽搁，湖上已复归平静，浪涛息了，雾气散了，什么也没有了。朱勔一屁股坐在岸边，号啕大哭起来。

少女见他哭得伤心，忙劝慰道：“相公，不要难过了，我赔你一块太湖石就是。”

“当真？”

“我看你对太湖石一片痴情，怎能让你一无所获呢。”少女说着，变得羞羞答答地说，“相公，你明天回苏州去吧，等到八月中秋，月上柳梢之时，你轻呼三声‘冠云’，我赔你的东西就会出现在你眼前。”

朱勔想，这少女一定不是凡人，便一口答应下来：“姑娘的吩咐，我一定照办，明天一早我就乘船离开此地。但愿姑娘不负许诺，中秋月圆之时，你我……”

少女的脸通红，头低垂，摆了摆手，柔声说道：“相公不必往下说了。常言道：‘世间知己最难求’，既然碰到了爱石爱到连性命也不顾的人，我也算身有所托了。只是相公切莫对闲人提起此事。‘冠云’是我的名字，不是任何人都能呼得的。”说罢，长袖一甩，轻盈地走下堤岸进入太湖。她踩水如履平地，飘然走到方才冒出奇石的地方，浪花一跃，就不见了。

朱勔瞠目结舌，在湖边站了一夜。第二天，他就雇了一只船，急急忙忙回到苏州家中。朱勔在家里真是度日如年，好不容易挨过两个月，终于挨到了八月十五这一天。晚上，院里一株柳树刚染上月色，他就连呼三声“冠云”。呼声刚停，只听见“咯咯”的一声轻笑，朱勔回头一看，少女已伫立背后。她责怪道：“相公也忒心急了些，约定的时辰还未到，就催命似的叫我来了。”

朱勔看那少女，比两月前在太湖边见到的模样更加妩媚了。他情不自禁地伸手想搀她的手，嘴里一个劲儿地说：“你再不来，我可要害病了，你来得好，来得妙，来得正是时候。”少女后退一步，说：“相公，我是给你送太湖石来的，请随我来吧！”

朱勔跟着她，连声说：“姑娘送来的太湖石，一定是上品，我会把它视同生命的。”少女点点头，走到窗前，长袖一展，将身一纵，跃过窗户，飞到院内假山前，轻轻落地，化作了一块高达三丈的太湖石。朱勔揉揉眼睛，定睛看那太湖石，玲珑突兀，四面入画，形状竟与少女的身姿一模一样。

朱勔暗暗叹息一番，走到院中，在太湖石前焚起一炉香，恭恭敬敬作了一揖，祈祷道：“冠云姑娘，只要我还剩一口气，决不让你落入他人之手。这块湖石，我就把它命名为‘冠云峰’了。”

光阴流转，年复一年，朱勔的“花园子”名声，越传越远，连京城里也听说了。宋徽宗赵佶和他最宠幸的两个大奸臣蔡京、童贯，要在汴京（开封）大兴土木，建造万寿山，需要大批奇花异石、珍禽怪兽。因此，就在江南设立“苏杭应奉局”，命“花园子”朱勔为主事，命他搜刮异石。

朱勔为了巴结宋徽宗与蔡京、童贯，派出爪牙在苏浙两省到处掳掠，甚至把手伸到福建、湖南等地。被他们攫取、搜刮来的东西，先集中到苏州，后用船送往京城，每十船组成一“纲”，这就是有名的“花石纲”。

“花石纲”给江南人民带来了极大的灾难，朱勔却因此大受朝廷赏识，很快成了炙手可热的权势人物。他的心越来越黑，为了进一步取媚于皇上，竟背弃过去的誓言，要把冠云峰献给宋徽宗。冠云峰高达三丈，普通船只无法装运，朱勔特地赶造了一条巨船，强迫上千名民工拉纤运送，并且亲自押船。运送冠云峰的巨船沿着大运河北上，准备取道黄河到汴京。船行十余里，忽然狂风大作，飞沙走石，使人睁不开眼来。待到风息云开，向外一望，朱勔顿时大惊失色，原来这条巨船已转了航向，航行于茫茫太湖之中了。周围已空无一人，拉纤的、当差的，影儿全无，偌大一条船，只剩下他一人，还有一块冠云峰！

朱勔情知不妙，“扑通”一声跪在甲板上，对着冠云峰一口气磕了二十四个响头，口中只管讨饶：“我该死，我该死，鬼迷了心窍，负了姑娘的心。万望姑娘念我曾爱石如命，饶我这一次。我将替姑娘修庙宇，塑金身，报答不惩之恩。”

这时，在冠云峰的涡洞内冒出一股股紫烟，在烟雾缭绕中，现出一个绝色少女，她冷笑一声道：“朱勔，亏你还有脸提这‘爱石如命’四个字！如今你石也不要了，命也该休了。这是你咎由自取，罪有应得。我仍将留在人间，我相信总能找到真正的知己！”

少女说话间，巨船开始迅速下沉，湖水渐渐地漫上桅杆，见利忘义、负约求荣、权欲熏心、为虎作伥的朱勔，终于沉入湖底喂了鱼鳖。那冠云峰却腾空而起，飞向苏州，落在阊门外，入地三尺，潜藏了数百年之久。后来，留园建成，冠云峰才破土而出，巍然耸立在鸳鸯厅旁。

今日，踏进留园的人，无不极口称赞冠云峰的清秀挺拔，是江南园林的第一石峰。冠云姑娘已获得了数也数不清的知己！

卢群　采录整理

# 留园瑞云峰

**瑞云峰在冠云峰旁边。留园有著名的“三峰”，即冠云峰、瑞云峰、岫云峰。三峰并立，同享盛誉。说起这瑞云峰，也有个动人的故事。**

留园冠云峰旁边，耸立着一座数丈高的太湖石，叫“瑞云峰”。这座太湖石秀丽挺拔，玲珑剔透。石峰旁附生着一枝苍老的枸杞，弯弯曲曲的枝丫，在石洞里穿来穿去，互相依偎。这座石峰，传说是从太湖里飞来的。

相传，明朝嘉靖年间，吴兴地方有一户姓董的人家，当家人是个博学多才的秀才，只因脾气孤傲，不善逢迎，祖上又欠下了苏州大官僚徐泰时家一笔阎王债，因此抬不起头来，家境逐渐衰落。老夫妻俩清贫的日子倒也过惯了，顶顶不称心的是身边冷冷清清，没有一男半女。他们日夜盼望着养个“老来子”。可是，盼呀，盼呀，盼到头发花白了，还是蒲鞋出胡须——一场呒结果。

一天早上，老老在窗前读书，猛听见一群喜鹊围着院子里的一座大石峰“喳喳喳”地叫个不休。老老走过去一看，哈，一个白白胖胖的小孩，躺在石洞里“哇哇”啼哭哩。这是谁家放在这里的小孩呢？老老高兴得不得了，走上去一把抱了起来，搂在怀里，三脚两步跑去找老太婆，一路走，一路喊：“老太婆呀，老太婆呀，天老爷真的给我们送儿子来啦！”

老太婆见了小孩，真是高兴啊，她对小孩亲亲面孔，一看，啊，是个女小囡呢！她对老老说："没有儿子，有个女儿也蛮好嘛！"

老老说："对呀，对呀，女的比男的更贴心，等我们做不动的辰光，可有依靠啦！嗳，这小女孩生在石峰里，又有一群喜鹊守护着她，峰顶'瑞云'缭绕，大吉大利，给她起个名字，就叫瑞云吧。"

"好！好！"老太婆笑得合不拢嘴，"但愿这小孩顺顺当当，早早长大才好！"

老夫妻俩时来运转，小孩子日长夜大，一天一个样，过了几年，就出落得像朵出水芙蓉，变成一个大姑娘啦。

日里，老老在案头写字，瑞云姑娘就从阿爸手里抢过墨锭说："阿爸，磨墨手酸，这事让我来做！"瑞云姑娘一边磨，一边看阿爸刷刷地挥舞着笔杆，看着看着，把写字的秘诀都学过来啦。她写的字比阿爸还好哩！

夜里，娘在灯下绣花，瑞云姑娘急忙从娘手里夺过绷子说："姆妈①，你早点睡吧，我来绣绣看。"姑娘双手真灵巧，绣的花又快又好，把蝴蝶都吸引来了。

姑娘对爷娘孝顺体贴，里里外外都抢着做，一家人的日子过得很舒心。老夫妻俩整天乐呵呵的。村里人哪个不称赞，都说姑娘是天仙下凡，老夫妻俩真是好福气。

吴兴出了个天仙女，传呀传呀，不久便传到了大官僚徐泰时的耳朵里。徐家在苏州有东园、西园和拙政园三座大花园，平时爱石成癖，到处搜罗天下奇峰异石，装点园子，供自己玩乐。徐泰时早就听说吴兴董家院子里有座皱瘦透漏的大石峰，据说还是宋徽宗时朱勔为了拍皇帝马屁而搜罗得来的遗物呢。徐泰时心里早已看中了，只是董老老一直把它当成祖传宝贝，没有办法弄到手。现在，徐泰时得知董家出了这件稀奇事，就动足了脑筋，要把这块奇石弄到手。他知道，强抢硬夺，名声难听，不如让瑞云姑娘和自己的儿子配成一对，两家通了亲，事情就好办了。于是，他就派了个差人跑到董家，对老老提出了通婚的要求。

老老知道徐泰时名声很臭，如果女儿嫁了去，岂不要受累无穷，所以就对当差的说：“贫寒之家，怎能高攀！请回禀东家，这桩亲事，不谈也罢。”

差人碰了一鼻子灰，回去对徐泰时说了。徐泰时火啦，“砰”地一拍桌子，张口骂道：“混账！这董老头不识抬举竟到这等地步！哼，敬酒勿吃吃罚酒，他上代欠我家的债，半两银子也不许少！”

主子一声吼，当差的立即逼债来了。老太婆本来身体差，再加这一急，就此归了天。瑞云姑娘又是伤心又是急。她知道阿爸难逃虎口，所以就把娘草草埋葬后，对阿爸说：“我们势单力薄，鸡蛋碰不过石头，还是答应了这门亲事，免得……”说着，倒在阿爸怀里泣不成声。

老老叹了口气，说：“事已至此，也没有别的办法了。你要晓得，徐家要和我们联姻，就是为了这块太湖石。唉，你生在石上，这石峰就像你娘一样，爹活了这把年纪，快要归天了。这座石峰，就作为你的嫁妆，跟着你去了也好。”

父女俩抱头痛哭了一阵，连院子里的石峰上也渗出了豆大的水珠，好像也在流泪呢。

不久，姑娘出嫁的吉日到了，她坐进花轿，被抬到了徐家。徐家还打发了几十个民夫、船夫，把董家的那座石峰披上红绸，装到船上，慢慢地向苏州开去。可是船到太湖当中，突然狂风怒号，“呼啦啦”一个浪头，把货船卷到了半天里。这块石峰当即沉入湖底，不知去向。

徐泰时眼看鸭吃砻糠——空欢喜一场，新媳妇上了门，就对她另眼相看，十分冷淡。不想隔了一年，儿子突然得急病死了。徐泰时夫妻俩冷嘲热讽，怪媳妇是个扫帚星，克死了儿子。瑞云姑娘气得嘴里喷血，在花园里跳井死了。

再说董老老既失石峰，又丧爱女，真是雪上加霜，祸不单行。他悔不该将女儿配给徐家，悔不该把太湖石送给豺狼。他日也哭，夜也哭，哭得皮包骨头，哭得眼睛出血。不久，也就归了天。

常言道：“好人受欺侮，恶人呒好报。”有一天，徐泰时在花园里散心，一霎时天昏地暗，狂风大作。突然，“轰隆隆”一声，一块太湖巨石从天上落下来，把徐家花园的一些亭阁砸得粉碎，徐泰时也当场被压死。这石峰直挺挺地竖立在瑞云姑娘自尽的井边，从此像生了根一样，谁也搬不动它。稀奇的是，在石峰的底下，不久就长出了一棵粗壮的枸杞藤，攀着石壁，爬上石峰，一大片生青碧绿的叶子，像是一顶大伞，给石峰遮阳挡雨。到了秋天，树上挂满了火红闪亮的果实，煞是好看。人们为了怀念瑞云姑娘，就把这座石峰取名“瑞云峰”。

据说，那棵枸杞，就是瑞云姑娘的阿爸变的。他紧紧地护住女儿，脸上还挂着血红的泪珠呢！

杨彦衡　采录整理

**注解：**

①姆妈：苏州方言，即母亲。

# 沧浪亭

**沧浪亭在苏州南门内文庙之东。北宋庆历年间，诗人苏舜钦辞官后流寓苏州，在此筑沧浪亭以度晚年。他与欧阳修是好友，两人诗书往来，留下了沧浪亭柱联的佳话。故事是这样的。**

北宋庆历年间，在朝廷做官的苏子美因遭诬陷，被削职为民，退居苏州。一天，他独自来到南园一带漫步散心，只见这里有块五六十丈宽阔的荒地，三面环水，栽着各种花树，一些败亭残阁，分布在起伏的土山之间，一看就知道，这里是个废园。苏子美很欢喜这个地方，回头望见河边柳荫下停着一只小渔船，就跑过去和捉鱼老翁攀谈①起来。从捉鱼老翁嘴里，他得知这里过去是五代广陵王的庄园，现在这家人家已经败得不像样子，一直在想把这座花园卖掉。苏子美到苏州后正没有一个合适的住处，不久，他就花了四万铜钿把这个废园买了下来。

苏子美开始雇工修园了，那个捉鱼老翁跑来对他说："我听老辈人说，东面水池旁边，埋着不少湖石，是当时造园时多下来的，你现在可以挖出来派派用场。"苏子美一听，高兴至极。根据老渔翁的指点，果然挖出了不少玲珑剔透的太湖石，砌成了两座幽雅别致的假山，并且在山上傍水处筑了一座石亭。石亭的飞檐高高翘起，近旁古木参天，周围又有水池，十分美观。他把这座石亭取名为"沧浪亭"。那老渔翁也被苏子美请来留在园内，帮助照料。

石亭造好了，少不了要挂副楹联。苏子美就写信给在滁州做官的

梅云　绘

好友、大文学家欧阳修，请他题句。欧阳修立即挥笔写好，托人带到苏州。苏子美接过一看，只见上联写的是“清风明月本无价”，不禁连连赞赏；可是这下联却是“可惜只卖四万钱”，不但粗俗无味，而且不相对偶。苏子美也猜不透欧阳修葫芦里卖啥个药，只好先将上联挂了出去，想等有肚才的人来续下联。有些诗友前来游园，看到这副独句联语，总觉得是美中不足。但大家都知道那上联是大文学家欧阳修题的，谁还敢续下联啊？所以那下联就久久空着。

几年后，苏子美生了一场大病。病中，他的门生经常从洞庭东西两山和太湖附近弄来各种应时鲜果和鱼腥虾蟹，请他尝新。老渔翁更是嘘寒问暖，体贴入微。苏子美看到乡邻父老待他一片真情，内心十分感激。

这天，风和日暖，鸟语花香。苏子美大病初愈，邀请老渔翁在石亭里举杯畅饮。他一时高兴，作起诗来：

东出盘门刮眼明，萧萧疏雨更阴晴。
绿杨白鹭俱自得，近水远山皆有情。

当他念完这首诗后，老渔翁突然高喊道："相公，这石亭的下联现在不是有了吗？"

苏子美被老渔翁一提醒，沉吟半晌，不禁哈哈大笑起来："对，对，我这次在病中，乡邻父老对我的深情厚谊，使我真正得到了做人的乐趣。'清风明月本无价，近水远山皆有情'，这真是难得的天然妙联！"

苏子美喜极啦，立即写了一封长信，把自己的心情连同这副联语一起告诉了欧阳修，请他把下联补写出来。欧阳修接到来信，不禁拍案而起："子美呀子美，你做得好，你虽然丢掉了乌纱帽，得到的却是千金难买的民心。这比起四万铜钱的池馆来，真是不可同日而语了！"

欧阳修立即挥笔写联，并亲自从滁州赶来苏州，向苏子美道贺。这副楹联就被凿刻在"沧浪亭"的石柱上，成为苏子美与欧阳修诗歌唱酬中的一段佳话。

杨彦衡　采录整理

**注解：**

①攀谈：苏州方言，即说话。

# 印心石屋

**印心石屋在沧浪亭看山楼下面。有石屋两间，中设石凳，原是花匠的住所。洞门上刻有“圆灵证盟”四字，这里隐含着一个爱情故事。**

从前，沧浪亭后面有一座庵堂，年久失修，被一个叫作花和尚的园主占用，作为他种植兰花的花圃。园里有个花匠，叫兰生，爹娘早亡，无依无靠，为花和尚帮工。兰生年纪轻轻，种花却有本事，别人家的兰花只在春天开放，他种的兰花一年四季花期不断，因而远近闻名。

冬天，兰花怕冷。一天早上，兰生把兰花搬到场地上晒太阳，忽然，发现一只五色斑斓的蝴蝶，一动不动地停在花蕊上，仔细一看，已经冻僵。兰生把蝴蝶捧在手里连连向它呵气，蝴蝶还是伏着不动。于是，他将蝴蝶带回室内，生起一盆炭火，过了一会儿，室内暖烘烘的，这蝴蝶摇摇头上的两根触须，抖动双翅，扑腾腾地向室外飞去了。兰生追出屋去，只见门口站着一个姑娘，瓜子脸，细眉毛，生得十分秀气，但在索索发抖。这姑娘衣服的颜色和花纹，与刚才飞走的蝴蝶一模一样。兰生看得呆了，姑娘却先开了口：“我叫凤姑，住在洞庭东山，因为今年冬天来得早，山里风雪漫天，找不到吃的，只好逃到这里来了。”说着，她辛酸地掉下了眼泪。兰生连忙请姑娘进屋，热饭给她吃。凤姑吃过饭，浑身热乎乎的，对兰生说：“谢谢你的好意，可不知道怎样报答你。种花，我也懂得，如果需要，我可以帮忙。”说着，姑娘满脸红晕，低下了头。

从此以后，姑娘三天两头到花圃里来，帮助兰生翻盆、施肥、浇水，桩桩件件都抢在前头。于是，这里的兰花长得越来越好，满园清香,把个花圃打扮得锦绣一般,买花的人每天不断。

一天,花和尚到园里来赏花,发现了正在浇水的漂亮姑娘,便贼头贼脑地盯着她看。凤姑发觉了,狠狠地白了他一眼,转过身朝门外走去。花和尚讨了一个没趣,恶狠狠地责问兰生:“这是谁家的女人?”兰生心地憨直,把那天在门口遇见凤姑的事情直说了。花和尚以为她是个穷人家的女儿,好欺侮,就说要娶她做妾。凤姑一听,火啦,朝他啐了一口唾沫。花和尚恼羞成怒,想起凤姑进过花园,就窜到她身边,说凤姑偷了他的兰花,不容分说,就推推搡搡地把她拉进石室。接着,花和尚又把兰生找来,说他勾引贱人,窝藏贼女,把他关进了石室的另一个房间。

凤姑和兰生被关在两间黑洞洞的房间里。凤姑整日哭哭啼啼,兰生听得心也碎了,隔着窗对凤姑说:“都是我不好,害你蒙受了不白之冤。”凤姑咬咬牙说:“只怪园主狠心,害得我俩受苦。好吧,我们活在一起,死也要在一起。”凤姑俯身地上,找到一片鸡心形的树叶,咬破手指,在树叶上画了个红心,掷给兰生,说:“这是我的心,你收下吧!”兰生拿起树叶,激动得泪水直淌,一时说不出话来,也弯下身去,在墙脚边捡到一张心形的树叶,同样咬破指头,在叶片上画了一颗心,然后将两片叶子对合起来,把两颗心粘合在一起。接着,他又把叶子朝嘴里一送,“咕嘟”一声吞下肚去。说也奇怪,兰生立刻变成了一只五色缤纷的彩蝶,从门缝里钻了出去。凤姑也纵身一跳,变成一只彩蝶,“扑扑扑”地追了上去。

这时,花和尚正好站在门口,看见一对美丽的大彩蝶从里面飞出来,正想用手去扑,冷不防这对彩蝶突然对着他洒下不少粉尘。粉尘落入他的眼睛,他顿时觉得两眼剧痛,头脑“轰”地一下,立即浑身瘫痪,四肢冰冷,晕倒在石室前。这凤姑原是彩蝶仙子的化身。人们在沧浪亭常见的双双对对的凤蝶,就是凤姑和兰生变成的。沧浪亭看山楼下的印心石屋,就是当年曾经禁闭兰生、凤姑的石室。

杨彦衡　采录整理

# 狮子林的传说

**狮子林，原名菩提正宗寺，在苏州城东北园林路。狮子林的假山玲珑俊秀、奇形怪状，仔细看看，处处都像狮子，有蹲的、有伏的、有蹦的、有跳的，也有相互嬉耍的……只只天真活泼，十分可爱。那么，这些湖石假山怎么都变成狮子了呢？有个神奇的故事。**

狮子林的假山最出名，为啥叫狮子林呢？传说，这些假山是从浙江天目山飞来的，都是活狮子变的。

从前，天目山顶有个天池，池里的水清澈见底。有一天，八仙中的铁拐李和吕纯阳各骑一头青狮，路过山的上空，一时口渴得很，铁拐李拿起铁拐，拨开云雾，发现了这个天池，赶紧降落云头，跨下狮背，取下腰里的葫芦，到池边舀水解渴。想不到回过头来，只见那头青狮也跳在水里，大喝池水。青狮喝足了水，爬上岸来浑身来劲，抖抖身体，勿晓得这一抖，把身上的水洒在了四周的岩石上，顿时，那些石头都一块块地活动起来，变成了一群活泼顽皮的小狮子，铁拐李见了呵呵地笑个不休。吕纯阳指着青狮对铁拐李说："这畜生动了凡心啦！如今它有了这么多子孙，可不能上天了，就让它在这里做狮子王吧。"说着，手指四下一点，这群小狮子全变成了七穿八洞的狮子岩，那青狮也变成了一座狮子峰。

常言道："瓦片也有翻身日，有佛不怕无庙坐。"隔了很久，浙江国清寺的中峰和尚登上天目山，看到这些千奇百怪的狮子岩，可开心啦。

因为按照佛门说法，狮子又叫狻猊，是佛国之兽。这里这么多石狮子，不就仿佛到了佛国吗？于是他决定就在这里打坐修行了。从此，他终日面对狮子峰谈禅静修。这狮子峰经常听到高僧说法，更加得了灵气，日子长了，又变成了一头青狮，恢复了本相，拜倒在中峰和尚面前，愿意做他的坐骑。

这天，中峰和尚骑着青狮，想到苏州菩提寺看望徒弟天如禅师。那些小狮子见母狮要离开它们，个个依依不舍。中峰和尚动了慈心，朝四下吹了一口气，哈，这些小狮子顿时变成了一片片翻滚的祥云，拥着青狮飘呀飘的到苏州菩提寺来了。那青狮随着祥云慢慢落地，这些彩云又恢复了本相。众狮子跟着母狮一齐跨进菩提寺后花园，一见这里是一块风光秀丽的宝地，乐得欢蹦乱跳，不想走了，有的抱起小石头来滚绣球，有的伏在地上装睡觉，有的摇头摆尾豁虎跳，有的蹲在假山上看热闹，还有的寻欢打斗……真是千姿百态，难画难描。天如禅师兴冲冲地对中峰和尚说："师父佛法无边，你看如今徒弟这菩提寺竟变成狮子国了！"中峰和尚笑笑，不觉脱口而出："那你就把它改叫狮子林吧！"从此，"狮子林"的名字被叫开了。

这天，中峰和尚和天如禅师正谈得起劲，突然眼前红光一闪，这群跳跳蹦蹦的狮子一下都变得鸦雀无声，一只也不动了。为啥？原来，这时吕纯阳和铁拐李刚巧路过苏州上空，见了这个场面，也觉得稀奇，他们降落云头，站在假山石上指指点点，勿晓得这么一来，这群狮子受了惊，当场又都变成了狮形岩石，再也不动了。

再说，两位仙人看到这些假山十分有趣，也就进去见识见识。铁拐李走得慢，三钻两钻寻不到吕纯阳，又走了一阵，只见吕纯阳就在对面向他招手。铁拐李赶紧拐过去，明明面对面走拢来，七弯八曲，盘来盘去，又背对背走开了，赛过进了八卦阵，怎么也绕不出来。铁拐李一瘸一拐，坐在山洞里直喘气，搁起一条瘸脚，连连喊叫吕纯阳来搀他。

吕纯阳有意寻他开心，说：“这么吧，我们就到山洞里的石头上去下局棋，如果我输给你，我就驮你出去，倘若你输了，你驮我出去。”铁拐李一听，说：“好！”于是，吕纯阳就在石头上刻了个棋盘，同铁拐李开起局来。不想铁拐李精力不济，慌了手脚，偏偏被吕纯阳赢了这盘棋。铁拐李没办法，只好向吕纯阳讨饶。吕纯阳这才驮着铁拐李驾着祥云飞去。直到现在，狮子林假山内铁拐李和吕纯阳弈棋的地方，被称为“棋盘洞”，那只石台上还留有吕纯阳用宝剑刻的棋盘呢！

金煦　杨彦衡　采录整理

# 真趣亭

**真趣亭在狮子林荷花厅西北，傍池而建，金碧辉煌，精雕细刻，装饰华丽。亭名“真趣”，还是乾隆皇帝御笔所题，这在苏州园林中的亭额中，也是罕见的。讲起这个亭名，真有个有趣的故事。**

乾隆皇帝下江南到了苏州，听说城北有座著名的狮林禅寺，寺里后花园里的假山堆得曲曲弯弯，很是出奇，于是就叫地方官员陪着到狮林禅寺去白相。

寺里的当家和尚听说天子龙驾就要到来，心里慌得怦怦乱跳，小和尚吓得缩头咋舌，你推我，我推你，谁也不敢出去接驾。当家和尚急中生智，想起隔壁住的一位叫黄熙的人来。这人平时跟当家和尚交情蛮好，肚皮里墨水喝得多，文才好，大家都称他“黄状元”，叫他过来帮忙接驾，肯定不会有偏差。主意想定，当家和尚就叫小和尚到隔壁去请黄熙过来。

黄熙一到寺里，当家和尚忙请他到方丈室坐定用茶，满面笑容地说：“当今天子就要驾到小寺，老僧耳聋眼花，恐难迎奉圣驾，特请先生过来，相烦周旋周旋。”黄熙一听这话，心里暗自高兴：迎接圣驾，这是千载难逢的机会，该是我姓黄的要发迹哉。想罢，他就满口应承下来。

不多一会，果然鸣锣开道，地方官员陪着乾隆来了。黄熙和当家和尚带着一班小和尚，俯首贴地跪在山门口接驾。乾隆一下轿，黄熙就连呼万岁，随即起身赶上去恭恭敬敬地带着乾隆皇帝白相，穿过几处殿宇走廊，来到了狮林禅寺的后花园。

狮林禅寺的后花园，就是现在的苏州名园狮子林。据说它是元代建筑，结构非常精致，东南多山，西北多水，四面长廊，曲折贯通，在苏州园林中是别有一番风格的。狮子林最大的特点是以假山著名。整个假山，全部用湖石叠成，外表看上去非常雄浑，座座石峰又都玲珑透皱。假如你再对整个假山细细揣摩，便会发现，所有石峰都像神态各异的狮子。特别是假山上的石洞多得出奇，上下左右，洞洞相连，一旦进了石洞，曲曲弯弯，上连下套，非要个把时辰，才能转得出来。

现在，乾隆皇帝在黄熙等人陪同下，进了狮林禅寺的后花园，一面走，一面观赏四周景色。只见园中假山重重叠叠，峰回路转，十分奇妙，山上树木疏密相间，连枝交柯，非常秀丽，就连山下一弯溪水，水上几处小桥，也无不精致美观。再加黄熙在边上，走一处讲一处，绘声绘色，十分生动，乾隆皇帝是越看越高兴，越听越开心。

乾隆皇帝穿过假山，见前面有一座亭子，一面信步走过去到里面歇息，一面回头问黄熙："这座亭子叫什么名字？"

原来，这座亭子主人有了遗漏，还未上过匾额。现在皇帝问起，黄熙倒打了个兀突，如何来向皇上回禀呢？他眼珠一转，哈，这不是一个觅都觅不到的好机会吗？便赶紧上前回禀说："这亭子尚未取名，请圣上为它起个名字吧。"

乾隆皇帝是个喜欢到处留名题字的人，黄熙的这句话，正中下怀，不觉心头像被鸡抓似的痒了起来，立即叫人拿来文房四宝放在边上。乾隆提笔蘸墨，想了半天，也没有想出一个好名称来，没奈何，就只好胡乱下笔，写了三个大字："真有趣"。

黄熙在一旁看着，见圣上竟题出这样不伦不类的粗俗句子，将来挂了出来，岂不被人笑话？他灵机一动，上前奏道："臣见圣上御题，笔笔铁画银钩，字字龙飞凤舞，其中这个'有'字，更是百媚千态。臣冒昧该死，望乞圣上将这个‘有’字赐给小臣吧。”

乾隆皇帝题了“真有趣”三字，自己想想也不像样，正在进退两难的辰光，听见黄熙这么几句话，心想：“对，省下这个‘有’字，剩下‘真趣’两字，倒来得风雅。”于是趁脚下街沿，点头同意了。黄熙将“有”字裁下来，乾隆在旁边写上“御赐黄熙”。把“真趣”两字做了那座亭子的匾额，这亭子就叫“真趣亭”了。

黄熙得到了乾隆御书“有”字，心中暗自欢喜，等乾隆走后，他就把这个“有”字贴在园门上，一面就叫家人搬箱扛笼，把家私都搬进园里来。

狮林禅寺的当家和尚一看，十分奇怪，拦住问道：“你把这些家私搬进寺来做什么？”

黄熙指着门上说：“‘御赐黄熙有’，这样大的字你还没有看见吗？可是有意要违抗圣命？”

当家和尚朝园门上一看，呆住了。啥！戏法变到我园子里来了？要想上去把那张纸揭下来，可是皇帝老子的御笔，啥人敢去碰一碰呀。这当家和尚只好打掉牙齿往肚里咽，真是哑子吃黄连——有苦说不出。从此，这个花园就和狮林禅寺分了家，变成黄家的私人花园了。

何菊森　朱洪　金煦　采录整理

# 网师园名的由来

**网师园在苏州城南阔家头巷。占地面积虽不大，但小巧精致，结构紧凑，园中有园，景中有景，小中见大，引人入胜。“网师”是渔翁的雅号，其意是渔翁的园林。那么，为什么要取这个名字呢？有个转悲为喜的生活故事。**

传说在南宋年代，皇帝昏庸无能，朝廷内奸臣当权，忠臣良将抬不起头来。有个姓王的大臣看不惯奸臣的所作所为，向皇帝奏上一本，结果，奏本落到了奸臣手里，反被奸臣罗织罪名，弄得满门抄斩。姓王的大臣有个儿子叫王思，想法逃了出来，逃到苏州。他不敢在闹市区居住，就在南园荷花池旁搭了一间草棚，隐姓埋名住在那里。他的银子用光了，就靠捉鱼为生，每天清晨扛着渔网，到南园的河里去捉鱼，然后到菜场去卖掉。日子一长，周围邻居都认得他了，问他尊姓大名，他怕暴露真名，带来灾祸，就笑着说道：“樵夫渔翁，哪来大名，叫我‘渔翁’就是了。”

后来，他与本地的一个姑娘结了婚，生了两个儿子，他一边捉鱼，一边教儿子识字。村上人见他教儿子读书，也将小孩送去请他教，他也乐意地接受了。这样一来，学生总要称呼先生，怎么称呼呢？连个姓也不知道。他的妻子也问他：“你总得有个姓吧？”他见妻子忠厚老实，就将家中如何遭奸臣陷害，自己如何死里逃生的经过告诉了妻子。妻子很同情他，说：“你既不能用真名，那不妨取个假名，你是个识字的人，这点办法还没有么？”他受到了启发，仔细一想，就说道：“我本名叫王思，又靠捉鱼为生，是个渔翁，那我就叫‘网师’吧。”从此，周围的邻居和学生都称他为“网师先生”。

网师先生的两个儿子非常聪明，学习很用功。长大以后，双双考中了进士，在京城里做官。这时，老皇帝已经死了，新皇帝登基即位，每天亲临朝政，办事还比较公正。王思的两个儿子早想为王家申冤，现在时机已到，就向新皇帝奏上一本，讲明王家的被害经过。新皇帝派人一查，弄清了事实真相，就将王家的案子翻了过来，对奸臣做了惩办，让王家官复原职，恢复名誉。

王思的两个儿子非常高兴，要父亲搬到京城里去居住。王思不同意，说：“这里是我生存的地方，邻居之间很和睦，我住在这里蛮好。”两个儿子没有办法，为了尽到自己的孝道，就在那里造了一座花园，让父亲颐养天年。园子造好以后，取个什么名字呢？父子三人在一起商量，王思说：“我靠捉鱼为生，也靠捉鱼养活了你们，不能忘记这点呀，还是以‘网师’为名吧。”于是，就取名叫“网师小筑”，后来就叫作“网师园”了。

网师园旁边有一条小巷，是王思经常出入的地方，就取名叫“王思巷”。后来，因筑成了网师园，巷名也改称“网师巷”。

潘君明　采录整理

# 涵碧泉

**涵碧泉在网师园西部冷泉亭旁边。树丛之中，有一处隐蔽的石阶，洞壑幽深，底部藏着一个水潭，水质澄清，清凉阴冷，这就是涵碧泉。关于这股泉水的来历，有个生动美丽的传说。**

很古的时候，网师园那块地方原是一片荒地，野草丛生，荆棘遍地，只有一些野兔和黄鼠狼在乱草中钻进钻出。在荒地的东南角上，有一棵古柏。这柏树可高大哩，两个人还抱不过来。古柏郁郁葱葱，四季常青，黑苍苍的样子，盘旋直上，像一条蛟龙飞到半天里。在古柏的树根处，有一个望不见底的深潭，潭里的水绿幽幽、清澄澄的，一年四季，永不干涸。

有一年，发生饥荒，有一批渔民逃荒到了这里。男女老少，垦的垦，耙的耙，只一年工夫，这块地皮上就长起了青青的庄稼，盖起了不少草棚。这批渔民中，有个七十多岁的老渔翁，名叫王思。这老头心肠好，人又厚道，左邻右舍都赞扬他。每天天蒙蒙亮，王思就掮了渔网到附近城河里去捉鱼。这老头有个怪脾气，每天从来也不肯多捉鱼，只要一天的零用钱有了着落，就把渔网一收，回家忙田里活去了。

有一天清早，王思在城河里撒网捉鱼。他静静地看着水面，忽见渔网四周涌起了一个个旋涡，以为是鱼群闯进了网里，就用力把渔网提了起来。啊哟，哪里有什么鱼群，网底只有一条尺把长的东西，窄窄的身体，一曲一扭地蠕动着，它的肚皮下面还长着四只像鸡爪一样的脚呢，活像一条四脚蛇。这东西阔嘴巴，浑身长满鳞片，乌黑的大眼睛，闪亮闪亮的，样子有点吓人。王思从来没见过这东西，就把它放进鱼篓里，带回家去。他路过古柏时，正想坐下来歇息一下，只听见有个声音在轻轻地呼喊："王思，王思，放了我吧！"

啥地方发出来的声音呢？王思原本以为是树根处的深潭里有人掉下去了。仔细一听，不是。再一听，噢，原来是鱼篓里传出来的声音呀！王思惊喜万分，连忙把鱼篓的盖打开，只见那四脚蛇一样的东西猛地蹿了出来，朝着深潭"扑通"一跳，霎时水花四溅，哗啦啦地像下了一场雷阵雨，溅得王思的脸上、身上都是水淋淋的，像只落汤鸡。王思正想回家去换衣服。突然，那深潭里又传来了声音："王思慢走，王思慢走。"

王思回过头来，只见那"四脚蛇"张开了阔嘴巴，"噗"的一响，吐出一颗明亮明亮的珠子来，又说："王思，王思，把珠子藏好，如果有什么困难，只要在夜里捧着珠子来喊我，我就会帮助你的。"说完，那"四脚蛇"朝深潭里一钻，不见了。

王思捧着那颗珠子，回到了家里。晚上，屋子里珠光四射，一片光明，这是一颗夜明珠呀！王思心里猜度起来，这"四脚蛇"一样的东西，大概就是传说中的蛟龙吧！

王思把夜明珠藏在一只酒甏里，又在家里深深地挖了一个地洞，把酒甏埋了下去。

有一年夏天，苏州发生了大旱，人们扳起手指算算，已经九九八十一天没下过一滴雨，干得河浜都见了底，嫩绿的秧苗都枯黄了。居民没有水喝，都要跑到老远老远的江河里去取水。大家累得直喘粗气，眼窝也发黑了，干死、病死的人不知有多少，而且旱情越来越严重。但奇怪的是，古柏根下的水潭始终是碧水清清。这个奇迹，一传十，十传百，很快就传遍了全城。满城的老百姓全都涌到深潭取水。可是，这口清泉毕竟太小了，这么多的居民起早摸黑聚集在水潭周围，闹得水泄不通，你抢我夺，总不行啊！王思看在眼里，急在心里。这时，他忽然想起了那颗夜明珠。到了深夜，王思挖开了地皮，揭开了甏盖，那耀眼的珠光立即从甏里透射出来。他听老辈人说过，蛟龙取水，离不开夜明珠。当夜，王思捧着夜明珠，跑到古柏前的水潭边，大喊起来："蛟龙，蛟龙，明珠在此，苏州干旱，快快取水！"

话音刚落，只听见水潭里"哗啦"一声巨响，泛起了一个大水花，蹿上来一条黑苍苍的乌龙，张开了阔嘴巴，露出在水面。那粗长粗长的两根龙须，一翘一翘卷动着；那梅花桩似的一对龙角，水灵灵的，像一簇美丽的红珊瑚。王思举起双手，把明珠朝蛟龙的嘴巴里丢去。蛟龙"咕嘟"一声吞下了明珠，向王思点点头，慢慢地沉下潭底。停了一会，潭子里忽然腾起一根几丈高的水柱，一时浪花四溅，雨珠纷飞。一歇工夫，水柱低下去了，那深潭里却不断地涌出碧绿碧绿的泉水来。

王思捧起一掬泉水，尝了尝，这泉水醇厚甘洌，凉飕飕的特别好吃。他开心极了，一路奔，一路喊："乡亲们，蛟龙取水来啦，快起来啊！"

乡亲们听见有人喊"水"的声音，都霍地爬了起来，从四面八方奔集而来。王思就把龙潭里发生的奇事告诉了大家。乡亲们个个开心得跳了起来，纷纷拿了锄头、铁锹，在古柏下的龙潭四周挖了一条条深沟，把清泉引到城乡的河道中去。"哗啦啦，哗啦啦"！只一夜工夫，苏州城乡几百条大河小道，都灌满了清水。于是苏州解除了干旱，又变成名副其实的水乡了。

直到如今，网师园的涵碧泉依然碧蓝碧蓝的。故事同泉水一样，一直流传到今天。

杨彦衡　向佐得　采录整理

# 金小姐与雕花匠

**苏州东山镇上有座雕花楼，原名叫春在楼，因为整座楼的建筑，从门楼、梁柱到长窗，都雕上了各种图案，而且雕工精细，艺术精湛，所以又被称为“雕花楼”。雕花匠的精湛手艺，引发出一段雕花匠与小姐的爱情故事。**

雕花楼的主人姓金，名锡之，是东山镇人，在上海做绸缎生意，拥有万贯家财。他想：以前的金家十分贫穷，被人看不起，现在发财了，要回乡造一座雕花楼，给家乡人看看，可以争争面子，荣宗耀祖。

金锡之想定后，就回到东山买了块宅基地，请来设计师，画了图案，再请来了能工巧匠，不惜一切代价，一定要把楼房造好。尤其是请来的雕花匠人，个个是好手，其中有个叫魏祥男的，年纪三十不到，虽是个雕花匠，却生得眉目清秀，中等身材，满脸斯文，极有气派。他向名师学艺，砖雕、木雕、石雕、竹雕样样精通，件件皆能。尤其是木雕，是行业中的好手，远近闻名。

再说，金锡之有个独生女儿，爱如掌上明珠，给她取名叫金凤，意思是女中的凤凰。金凤长到十七八岁，金锡之想找个乘龙快婿，条件是一要有家财，二要有人才，三要做上门女婿。因为条件太高，找了几年都未曾找到。转眼之间，金凤已长到二十五岁了，还没有出嫁。金锡之在家乡造雕花楼，女儿要回乡来看看。金凤一到东山，觉得东山的风景比上海好，空气比上海新鲜，就不想回去了。这时，雕花楼已基本造好，就差雕花装饰了。金凤就住在雕花楼的阁楼上，空下来在街上走走，或者到雕花匠那里去看看雕花。

雕花是个细生活，好比画家绘画，要一笔一笔地画出来，雕花匠要一刀一刀地雕出来。雕花匠魏祥男只管低头雕花，雕的是一对鸳鸯。金凤在旁边看得出神，只见魏祥男一刀一刀下去，一对鸳鸯活灵活现地出现在眼前，多么可爱，多么生动有趣。金凤不觉赞道："噢，雕得真好！"魏祥男抬头一看，见是一个富家小姐，便随口答道："雕得不好。"金凤说："你还客气，雕得就是好，送给我吧！"魏祥男道："这个不能，这是主人家的，不是我自己的。"金凤道："啊呀，什么主人家的，就是我家的么，我拿去了。"说完，就把鸳鸯木雕拿走了。老师傅告诉他：她是金家的小姐，就让她拿去吧。

金凤拿了木雕鸳鸯，一个劲儿奔到阁楼上，对着木雕鸳鸯左看右看，爱不释手，心想：这个人真有本事，雕得这么好。进而又想到魏祥男的形象，五官端正，眉清目秀，长得交关登样①……此后，金凤经常要到魏祥男那里去看雕花，一回生，二回熟，两个人讲讲说说，十分投机，不知不觉地产生了感情。魏祥男明知自己是个手艺人，家道贫穷，根本攀不上金凤，但还是在想金凤，希望能成为一对。

一天，金凤来到魏祥男处，魏祥男拿出一样东西，外用红布包好，送给金凤，金凤问："是啥个东西？"魏祥男道："你拿回去看就知道了。"金凤回到楼上打开来一看，是一座观音像，观音的面孔像是自己。金凤越看越像，不觉脸上通红，心想：这算什么？这是礼物，莫非他在向我求婚了？于是，金凤打开箱子，拿出了一件自己心爱的玩物——玉雕和合像，用绸布包好，匆匆走下楼来，送给了魏祥男，又匆匆地上楼去了。魏祥男打开布包一看，是一件珍贵的玉雕和合像，觉得接受不起，但转而一想，也就领会了，这是信物，金凤同意嫁给我了。

两人的亲密接触，引起了管家的注意，他去告诉了金锡之。金锡之将女儿找来，询问有没有这回事。金凤也知道瞒不过去，只得如实对父母说了。金锡之道："你是一个千金小姐，家里有万贯家财，怎么去嫁给一个穷雕花匠，不怕被人笑话吗？"金凤道："穷怕什么，他有的是手艺，俗话说荒年饿不死手艺人，没有手艺，万贯家财也要吃空的。"金锡之讲不过女儿，就将女儿关在阁楼上，不准下楼；另一方面，歇掉了魏祥男的生意。

两人正在焦急之时，金凤有个贴身丫头充作红娘，想了一个办法，一方面叫魏祥男暂时不要离开东山，住在一家小客店内；一方面叫小姐收拾细软，带了金银首饰，在一个月昏星淡的夜晚，金凤由丫头带领，去小客店内找到了魏祥男，两个人连夜逃出了东山，远走高飞去了。

潘君明　采录整理

**注解：**

①交关登样：苏州方言，即非常漂亮。

# 四、寺庙篇

# 泰伯庙和让王庙

**泰伯庙在苏州阊门内下塘街，庙内供奉着的神像是泰伯；让王庙原在苏州城内干将坊，庙内供奉的神像是仲雍。泰伯和仲雍是亲兄弟，老百姓尊称他们为“让王”。传说是这样的。**

商朝末年，在中原那里的周部族首领古公亶父，称为周王。他有三个儿子，大儿子叫泰伯，二儿子叫仲雍，小儿子叫季历。这三个儿子都很孝顺父母，又聪明能干。但比较起来，小儿子季历更加聪明，更加能干些。古公亶父也最喜欢季历。当时，商朝的皇帝十分昏庸，迷恋酒色，不理朝政。对下属部族加紧欺压，百姓怨声载道。所以，不少部族都想造反。

古公亶父也想推翻商朝，各方面都在准备，但自己年龄老了，不能带兵打仗了，因此想把王位传给儿子。古公亶父左思右想，在三个儿子当中，季历最有前途，要振兴周部族，只有把王位传给季历，才有希望。但按当时的规矩，王位一定要传给大儿子泰伯，泰伯死了，传给仲雍，仲雍死了，再传给季历。古公亶父想把王位传给小儿子季历，在规矩上是不允许的。假如破坏了这个规矩，臣民们都会不服，也可能起来造反，造成国内大乱。为此，古公亶父终日闷闷不乐。

泰伯、仲雍是聪明人，他们早已看出了父王的心思，两人在一起商量。泰伯对仲雍说：“论规矩，父王的王位应该传给我，这是没有疑问的。但父王想把王位传给季历弟弟，我怎么能违背父王的意旨呢？再说，季历弟弟确实比我聪明能干，不如我出走，让父王把王位传给你，然后再传给季历弟弟。”仲雍一听，连说：“不可！不可！哥哥不违背父王的意旨，我怎么能违背呢？我的才能也比季历弟弟差，不如我们一起出走吧。我们走后，父王就可把王位传给季历弟弟了，这样就不会违反规矩，父王也会高兴的，我们也尽了一片孝心。”泰伯听后，想了想说：“这倒也好，那我们就一起走吧，把王位让给季历弟弟。”兄弟俩商量定当，也不去向父母辞别，带了几个族人，就偷偷地直奔南方而来。

当时，南方还是一片荒蛮之地，百姓尚未开化。泰伯、仲雍到了南方，就教百姓耕地种植，发展农业，又教百姓筑城等技术。他们的悉心教化，受到南方百姓的欢迎。不久，两人做了南方百姓的首领，也成了一个部族。以后逐渐发展，他们的子孙到苏州来造城，建立了吴国。

所以说，泰伯、仲雍是我们南方人的祖先。苏州的百姓为了纪念他们，崇扬他们的美德，专门建立庙宇来祭祀他们，尊奉他们为“让王”，庙称“泰伯庙”，亦称“至德庙”，也称“让王庙”。

潘君明　采录整理

# 寒山寺庙门为啥朝西开

**寒山寺位于苏州市阊门外枫桥镇。相传唐代高僧寒山子住在寺内，故名寒山寺。主要建筑有大雄宝殿、藏经楼、碑廊、钟楼、枫江楼等。常人建造房屋，大门总是朝南开的，寺庙也不例外。可寒山寺的大门却是朝西开的，为什么呢？有个神话故事。**

名刹寺庙大都造在名山上，庙门都是朝南开。唯有苏州的寒山寺，既不造在名山上，庙门又是朝西开，为啥呢？这要从寒山和尚说起了。

寒山和尚原在浙江省天台山国清寺，和拾得和尚一起出家。两个人精读经书，学问高深，俗话说："学问愈高，愈想读书。"寒山把寺里的经书读完了，还嫌不够，决心要到天下名刹去求读经书。他辞别了拾得，走下山来，到天下云游去了。

一日，寒山来到苏州城外枫桥上，四面看看，觉得这里风景极好。寒山看见桥堍下有个馒头形的土墩，就坐在土墩上歇息。寒山望望远处，但见青山点点，看看近处，又是绿水悠悠，真是一个好地方啊！寒山不知道这个地方叫啥，看见桥上走来一个老农，便高兴地问道："借问施主，这是啥个地方？"

"旱山。"

寒山一听，心里一惊，想：他怎会知道我的名字？复又问道："我是问这个地方叫啥？"

"叫旱山呀，你就坐在旱山上。"

梅云　绘

原来，枫桥堍下这个馒头形的土墩，比平地高些，因终年无水，干巴巴的种不上庄稼，当地人称之为“旱山”。老农把情况讲明后，寒山心里十分高兴，说道：“巧呀！巧呀！我的名字叫寒山，山的名字叫旱山，莫非此地有意留寒山。”寒山越想越高兴，坐在旱山上不肯走了。他想想望望，望望想想，在旱山上睡着了。

不一会，只听见有人在喊：“寒山，寒山。”寒山睁眼一看，不是别人，正是自己的好友拾得。两个人一见，高兴异常。寒山问拾得：“你怎么会到这里来的？”拾得道：“我一来是寻你，二来苏州是个佛地，我想到此地读经呢！”寒山道：“那太好啦，我俩就在此地读经吧。”

寒山把旱山的情况说了一遍，两个人一商量，决定在旱山上造座寺庙，永久地住在苏州。

寒山、拾得一同出去化缘，把钱积存起来，买木料、买砖瓦……造寺时，附近男女老少都来帮忙。庙门本应朝南开，可寒山一算：高僧玄奘法师从西天取经回来要经过苏州，庙门朝西开，可以迎接高僧进来，表明我等一片诚心，于是决定庙门朝西开。寺造好后，因为是造在旱山上，又是由寒山发起的，所以取名叫“寒山寺”。

过了不久，玄奘师徒从西天取经回来，路过苏州上空，孙行者手搭凉棚，向下一看，发现寒山寺庙门朝西开，觉得奇怪，就去报告了师父。玄奘一听，说道：“善哉，我佛西天来，庙门朝西开，这是在迎接我等呀，不要辜负他们的一片诚心。”于是，师徒四人落下云头，来到寒山寺，由寒山、拾得迎了进去。玄奘拿出《金刚经》《华严经》《弥陀经》三部经书，嘱咐寒山、拾得仔细诵读，然后驾起祥云，回长安去了。现在，寒山寺藏书经楼的屋脊上，塑有唐僧师徒四人的人像，就是为了纪念他们。

寒山、拾得得了三部佛经，喜欢万分，终日在寺里诵读，终于成了有名的高僧，寒山寺也更为出名了。

潘君明　采录整理

# 寒山寺的钟声

**自古以来，寒山寺的钟声很有名气。相传寒山寺的大钟一敲，不仅苏州城能听到，连日本国也能听到。这是因为那只大钟不是平常之物，是一口神钟啊！有个动人的故事。**

苏州寒山寺，当家的是寒山、拾得两个和尚。这两人是一对好友，平日形影不离。有一年，天时不正，足足下了半个月闷头雨，大水把江海河湖都涨得满满的。在雨过天晴的那个早上，寒山寺门前的石驳岸旁边，漂来了一口青铜钟。古钟氽在水上，顺着波浪时起时伏，撞在驳岸的石头上，还不断地发出“懊恼来[①]”的响声。那声音清清脆脆，十分悦耳，把寺里的老和尚、大和尚、小和尚全都引出来了。大家一看那口铜钟，非但大得出奇，最奇的是朝天的钟口里，一滴水珠也没有。和尚们又惊又喜，议论纷纷，说它是天赐的神钟。

寒山看到这口铜钟特别高兴，寺里正好缺少一口大钟呢，于是吩咐众和尚一齐来打捞，把它搬到岸上来。寒山寺庙里一共三十七个和尚，一个也不少，一齐动手，嗨唷，嗨唷，可是任你左拉右拉，用足力气，那口古钟却是纹丝不动。寺里九十九条粗麻绳都拉断了，还是拉不上来。拾得很不服气，说：“就是用稻草灰搓成绳，也要把大钟拉上来！”

这辰光，和尚们已经累得上气不接下气，浑身汗水淋淋，听到拾得这样讲，嘀嘀咕咕，都不以为然，有的说：“那还不是吃力不讨好，白费功夫。”有的说：“膀子粗的麻绳都拉断了，还要用稻草灰搓绳，生了耳朵没听说过！”有的寻开心，说：“你听，你听，那大钟传出的声音，‘懊恼来’。”还有个和尚胡调②说：“这钟声有道理，寺里有了杀猪佬，神钟不肯进这个不干净的佛门呀！”这句闲话说说白相相不要紧，却伤了寒山、拾得的心。原来寒山从前做过杀猪的屠夫，这是有意抢白③他。寒山心里难受，想了好久，最后才说：“钟不上岸，强求不得，那就推开这口古钟吧！”

噱头来了，众和尚七手八脚去推钟，那口钟倒又像被铸在石驳岸上一样，不管花多大力气，都是纹丝不动。

大家都非常惊奇，拾得心里也在想，这究竟为啥啊？说不定今天要出事了。他从竹园里拔了一根连着根子的青竹竿，去了枝丫，拿在手里，将竹竿一头向驳岸上一点，身子一纵，“呼”的一声，人已腾空而起，一眨眼工夫，他已站立在古钟里，古钟立刻就在水面上荡了三荡。拾得举起竹竿，对准驳岸一撑，那口钟缓缓驶向河心。拾得原想等古钟会动了以后，再靠拢跳上岸来，哪知这口钟到了河心，竟飞快地逆水而行，朝着正东方向漂去。

众和尚大惊失色，寒山和拾得更是慌了手脚，一个沿着水边奔跑，一个在古钟里拼命想靠拢岸来；一个喊寒山，一个喊拾得。两人你一声、我一声，一声连一声，一直喊到双方听不到声音，看不到影子。

后来，寒山因为思念拾得，不吃不喝，人都落形④了。那拾得呢，乘着那口大钟，竟在一天之内，漂洋过海，到了一个叫萨提的地方。萨提的人听说他是从中国来的，也十分惊异，非常好客地请拾得登岸，还用九头牛把古钟拉上了岸滩。

拾得上了岸，把古钟献给了萨提人，悬挂在村中心；又把青竹插在地上，没有多久就长成了一片竹林。拾得自小勤劳，农家活样样件件都拿得起，他便在那里落了脚。

再说寒山思念拾得，病得快要死了，他做梦都在喊拾得。有人出了一个主意：敲钟寻人。说不定拾得听见钟声会循声而回。寒山真的请来冶匠，仿造古钟的模样，铸了一口大钟悬挂在寒山寺最高的地方，称为“一方敲钟八面音”。

寒山寺的钟声敲响了，“当，当，懊恼来！”声音传到老远。说来也怪，这钟声竟也漂洋过海，传到萨提地方。拾得也敲响了萨提的那口大钟，“当，当，懊恼来！”这钟声也传到了寒山寺。就这样，两边虽然隔开千里万里，这边敲一记，那边回一声；那边响一声，这边还一记，就好像两个人在讲话，把两颗心连在了一起。

拾得后来就一直住在萨提，这萨提据说是日本的一个地方。那里生长的竹子，就是拾得带过去的。

马汉民　采录整理

**注解：**

①懊恼来：苏州方言，即懊悔的意思。

②胡调：苏州方言，即胡闹。

③抢白：苏州方言，责备、讽刺之意。

④落形：苏州方言，瘦的意思。

# 和合二仙的由来

**寒山寺内有寒拾殿，塑着寒山、拾得的像。他们原是一对亲兄弟，相依为命，非常亲热。后来，两人都出家当了和尚，成为高僧。老百姓称他们是“和合二仙”，是结婚办喜事的喜神。这是什么缘故呢？民间是这么说的。**

苏州地区人家结婚办喜事，在厅堂当中要挂一幅喜神像，喜神就是“和合二仙”，也就是寒山、拾得。寒山、拾得是和尚，怎么成了喜神呢？传说是这样的。

寒山、拾得是一对亲兄弟，从小失去父母，兄弟俩相依为命。长大以后，哥哥寒山身强力壮，当了杀猪郎；弟弟拾得身体瘦小，学个缝衣匠，兄弟两人在一起生活，相亲相爱，日子过得蛮好。邻居家有个姑娘，长得也蛮标致，小时候和寒山、拾得一起白相，长大以后，兄弟俩不会做针线活，姑娘就帮助他俩缝缝补补。后来，拾得学了缝衣匠，反而教姑娘做衣服，时间一长，两个人有了感情，单等媒人来说合了。可是，媒人来说合的时候，却说，先长后幼么，只有哥哥先结了婚，弟弟才能结婚。寒山不知道弟弟与姑娘的感情，也就同意了。

快到结婚的日子了，寒山忙里忙外，高高兴兴地准备婚事，拾得却无精打采，终日闷闷不乐。寒山问了拾得几次，也问不出什么原因。一天晚上，寒山回家迟了，到了家里，家中空无一人，弟弟不知到哪里去了，寒山就到处去寻找。他找到姑娘家门口，只听见里面有呜呜咽咽的哭声，立定脚跟仔细一听，只听女的说："你也不同哥哥讲讲，讲明了我俩的关系，哥哥也会同意我们的。"男的说："不要哭啦，你马上要结婚了，等你一结婚，我就离开这里，去做和尚。"寒山听后大吃一惊，这不是弟弟拾得的声音么。冷静一想，心中全明白了，原来弟弟拾得与姑娘早有恋情。既然如此，我也不勉强了，还是我出去当和尚，让他们结合吧。寒山回到家里，留下一张字条，连夜出门去了。

拾得回到家里，只见大门开着，到屋内一看，却不见哥哥，喊了几声也不见回音，到哥哥房内一看，只有一张条子，写着"寄语拾得弟，祝你得娇妻，我今到彼岸，相逢不相遇"。拾得看毕，知道自己与姑娘的事已被哥哥发觉，哥哥出门当和尚去了，心想，哥哥出门当和尚，我也无脸面留在家里，也就出门去了。

寒山出门以后，在天台山国清寺当了和尚，苦读佛经，学问很深。拾得出门以后，也在寺庙内当和尚。他为了寻找哥哥，寻了几座寺庙，均未寻到，最后寻到国清寺。他远远看见了寒山，似像非像，不敢相认，因他想起了寒山的诗句，"相逢不相遇"。寒山呢，也看见了拾得，只当没看见。因为有言在先，"相逢不相遇"么，就是碰到了也不相认。

后来，他们的事被方丈大和尚知道了，就把两人叫去，拿出两样东西送给他们，给寒山一枝荷花，给拾得一只篋盒。方丈问："送给你们两样东西，你们知道内中含义吗？"寒山、拾得是聪明人，顿时悟出了道理，寒山说："荷花就是要'和'啊。"拾得说："篋盒就是要'合'啊。"然后同声说道："师父是要我们'和合'啊！"从此，寒山、拾得相认了，兄弟俩十分高兴，经常在一起研读经书，都成了大和尚。

后来，寒山云游四方，来到苏州，在枫桥那里建了寒山寺，拾得也来到寺内。由于寒山、拾得苦苦修行，最终成了仙，留了发，返老还童。所以，寒山寺内有一块石碑，刻有两人的像，还有一座"寒拾殿"，也塑有两人的像，都是有头发的，显得非常年轻。寒山手持荷花，称为"和仙”，拾得手拿篾盒，称为“合仙”，两人合起来称为“和合二仙”。因为他们“和和合合”，非常要好，一天到晚，高高兴兴，笑嘻嘻的，民间尊奉他们为“喜神”。办喜事的人家，都喜欢挂两人的像，人像称为“喜神”，轴子称为“喜轴”，为的是图个吉利，希望新婚夫妇和睦相处，百年好合，永不分离，永远幸福。

潘君明　采录整理

# 范作头造三清殿

**玄妙观在苏州市观前街中心，主要建筑为三清殿，规模宏大，结构独特，尤其是四周飞檐斗拱，没有高超的木工技术，是造不成的。那么，斗拱是怎么造起来的呢？有这样一个故事。**

宋朝辰光，皇帝下旨要在苏州玄妙观造一座“三清殿”。好些作头[①]都不敢承包，说是工程大，规定的日脚短，怕完不了工。苏州香山有个出名的范作头，把这个工程包了下来。当时，苏州有个风气，只要有人包着了大工程，他的亲眷朋友都要把自己失业的亲人介绍给他，弄碗饭吃吃。范作头做了三清殿的把作师父，当然也有很多亲友来央求他。可是荐来的多半既不是木匠，也不是泥水匠，都是些门外汉，只能做小工。

动工的日脚到了，吃饭的人不少，可全做不了工。范作头心里又是急，又是气，真是“造屋请了箍桶匠”，工程这样大，日脚又不多，也不知道啥辰光才能完工？心里真像一把乱头发，勿晓得如何来理。他一边想心事，一边断木料，越想心里越乱，手里也就勿当心哉，等到发觉，不由得大吃一惊：“勿好哉，闯仔穷祸哉！”原来，范作头把三十六根柱子都截得一样平了。截短了接也接勿上去的，何况这些柱子都是用顶大、顶好的树身截的，再到啥地方去弄这样的大树呢？闯下了这样一场大祸，勿单自己犯了罪，还要牵连到屋里家小[②]。他实在无法可想，“三十六着，走为上策”！于是把褡裢袋一背，准备出胥门，回到香山，接了屋里人一同逃奔到他乡外府去。

他一面低头赶路，一面心里想，好容易接到一注大生意，偏偏又弄出祸事来，家小晓得了，勿知要如何埋怨呢？正走到木渎镇附近，忽然对面也来了个人，对着范作头猛然一撞，撞得他一跤跌在地上。范作头心里火透火透[③]，抬起头来一看，是一个六十开外的老老，和他一样打扮，肩上也背了一把锯子和一只放工具的褡裢袋，一看就晓得是个老木匠。范作头本来一肚子火，一看老老年纪这样大，也就火勿出哉。不过总要埋怨两声："你这个老老走路也勿好好走，撞到我身上来哉。"老老连忙满脸笑容，抱拳说："对勿住，对勿住，我实在有要紧事办，想到苏州去寻范作头师傅去。"

老老一说名字，范作头呆脱哉，心里想：他讲的就是我啊，我和他又勿认得，他去寻我做啥？于是嘴里就问哉："你寻范作头有啥事体？"

"我听得人家说，他在苏州寻着一注大生意，我想寻他去做工。"

范作头一听，心想，老老年纪这么大，勿要害他去白跑一趟，就说："我听说范作头料子截坏，已经逃脱哉，你还是回去吧。"

"料子哪哼会截坏的？阿可以再改动改动？"

"勿来事格！三十六根大料子被他截得一样平，哪哼改动法？"

老老一听，拍拍手说："这个范作头技术勿错。你勿明白，三十六根柱子，断得一样平，是一种造殿的妙法啊！"

范作头当是老老在寻他开心，就生气地说："你这样大的年纪了，还取笑人家做啥！"

"啥！我取笑人家。"老老一本正经地说，"你阿晓得三十六根平头柱，加上七十二只斗拱，是一种绝妙的造殿方法哩。"

"哪哼来加上去呢？"范作头被说得有点相信了。

"来！"老老向范作头一招手，就在旁边折了三十六根树梗梗[④]，同范作头两人蹲在地上，在泥地上画起造殿的图样来，又拿树梗梗搭给范作头看。范作头一看，高兴得跳起来说："我懂哉，我懂哉，柱子短，一加上斗拱就长哉，而且斗拱可以分散力量，造起来又好看，又坚固，真是好办法。"

范作头开心煞哉。他向老老说明自己就是断坏料子的范作头。现在懂得了造殿的方法，就要给老老背锯子、褡裢，同老老一起回到苏州去。一不小心，褡裢里的一只推刨落在地上，范作头连忙拾起，看到推刨上刻着一个太阳和一条鱼，花纹又精细又好看，当时也没留心，就放进褡裢里。老老摸摸胡子，笑笑说："我也早晓得你是想逃到香山去的范作头，刚刚[5]撞你一跤，你勿要动气。现在既然你已经完全懂哉，我也用勿着再到苏州去了。你快点回去造殿吧。"说完，老老就去了。

三清殿造好以后，因为造法巧妙，所以天下闻名。范作头十分感激这位老老，可惜没有留下老老的姓名，但仔细一想，那推刨上刻的太阳上面有条鱼，拼起来不是个"鲁"字么！原来，他就是鲁班师父啊！

韩德珠　采录整理

**注解：**

①作头：苏州方言，瓦工、木匠的承包者。

②家小：苏州方言，即妻子。

③火透：苏州方言，形容很恼火的样子。

④树梗梗：苏州方言，即树枝。

⑤刚刚：苏州方言，即刚才。

# 妙一统元

**在三清殿大门上面，悬有一块匾额，上写“妙一统元”四个大字，其中的“一”字看起来只有一画，要写好却不容易。后来匾额毁坏，“一”字失落，为补写“一”字，请了众多书法高手都未能写好。那么，现在的“一”字是谁写的呢？有个朴实、生动的故事。**

三清殿大门上面挂着一块金字匾额，上面写着“妙一统元”四个大字。

早年间，有一次修缮三清殿，把这块匾额拿了下来。哪晓得天长日久，风吹日晒，这块匾额金漆剥落，四个大字中的“一”字，连一点痕迹也寻不着了。玄妙观的老道士连忙把全城所有的书法家，都请到玄妙观来，请他们把这个“一”字补写上去。啥人晓得这许多书法家写的字个个都好，很有功力，可就是和匾上的字体配不起来。大家议论纷纷，想不出好办法。

这辰光，殿门口立着一位卖柴的乡下老老，年纪六十开外，花白胡须，手里拿根扁担，脚上穿双破蒲鞋①，看见大家没有办法，就说：“让我来试试看吧。”

书法家们望望老老，觉得稀奇。其中也有人嘲笑说：“啥？一个乡下卖柴的老老，也敢来班门弄斧！”

卖柴老老也不懂他说这话算啥个意思，接过话茬说：“说得不差，我除了会弄斧头以外，大字勿识几个，一生一世只识得一个‘一’字。勿

梅云　绘

相信，我写给你看！”说着，老老从脚上脱下一只蒲鞋，在墨缸里一蘸，就画了个“一”字。大家一看，好啊，这“一”字和原来匾额上的“一”字一式一样，恰好配得上去。

这事可奇怪啦！莫非这位老老是仙人变的？还是哪位书法大师化了装来的？大家佩服得五体投地，都凑上来向老老请教。

卖柴老老说了这样一番话：

“我从小就跟我爷②进城卖柴，经常在玄妙观走来走去。吃力辰光就在三清殿前坐坐，坐得厌气③，就喜欢看匾上的字。看来看去，别的字不识，只识一个‘一’字。没事做就脱了蒲鞋，在地上写白相，已经写了几十年了。这上面的‘一’字，我闭拢眼睛也写得像哉！”

金煦　采录整理

**注解：**

①蒲鞋：苏州方言，即草鞋。

②爷：苏州方言，即父亲。

③厌气：苏州方言，寂莫的意思。

# 师兄弟赛艺

**苏州西园寺罗汉堂内，有两尊佛像塑得最引人注目，一尊是疯僧像，塑得不落俗套，衣着流褶纯秉古风，把“疯”态充分表现了出来；一尊是济公像，眼睛特别有神，不管你从哪个角度看，他好像都在对着你瞅。这两尊塑像是师兄弟两人比赛塑出来的，有这样一个传说。**

西园寺罗汉堂内，塑有五百尊罗汉像，面貌各不相同，神态举止各异，大小与真人一样，真是栩栩如生，呼之欲出。这五百尊罗汉像，是师兄弟俩带领徒弟们一起塑的。老方丈见五百尊罗汉像塑得好，要他们再塑两尊佛像，一尊是济公，一尊是疯僧，提出的要求是，要塑得比五百尊罗汉还要好。

师兄弟俩听老方丈一说，心里非常高兴。这时，众徒弟讲话了，说：“这两尊佛像由谁来带头塑呀？”“倒不如一人塑一个。”徒弟们你一句我一句，激发了师兄弟俩的艺兴，师弟说：“师兄，我俩每人塑一尊吧。”师兄说：“好呀，每人塑一尊，但有个条件，这两尊佛像是放在中间的，非常引人注目，要塑得格外的好，我俩来比一比吧，看谁塑得好。”师弟原本有这个意思，现在听师兄一说，正中下怀，就说：“好！好！一言为定。”就这样，师兄弟俩展开了一场技艺比赛。

师兄塑的是疯僧。疯僧是个癞痢头，歪嘴巴，斗鸡眼，拐手，翘脚，驼背，身上还有疮疤，衣衫褴褛，非常丑陋，所以又叫“十不全”。这个佛像很难塑，要塑好确实不容易。师弟塑济公，济公是个不守戒律、嗜好酒肉、爱管闲事的人，他手摇一柄破芭蕉扇，脚拖破布鞋，如痴如狂，如癫如醉，要塑好这尊像也是不容易的。师兄弟俩精心构思，认真设计，使出了浑身解数，把全部本事都拿出来，一定要塑好佛像。两个人精工细作，一丝不苟，花了两个多月时间，才把佛像塑好。

佛像开光那天，众徒弟前来观看。先看疯僧像，塑得不落俗套，身上穿的破袈裟，衣上流褶纯秉古风，把“疯”的表情充分表现出来了；疯僧虽是丑陋，但塑得丑中有美，美而不丑，十分讨人喜欢；特别是腰中束的那根带子，活像一根真丝带，带上有个结，用手轻轻一拉，带子的结仿佛就会松开，很是逼真自然。再看那济公像，塑得更是别开生面，他的那双眼睛，不管你从哪个角度去看，他总是朝着你瞅，十分传神；奇怪的是济公的一张阴阳脸，右侧看上去他满脸笑容，左侧看上去他一脸愁气，中间看上去他似笑非笑，似愁非愁，真是啼笑皆非，一张脸有三种表情，真是杰作。徒弟们看后个个称赞，人人道好，纷纷翘起大拇指说：“两位师傅真是高手，技艺精湛，这两尊佛像，塑得真是神了。”

此后，到西园寺的游客，都要到罗汉堂去看这两尊佛像。这两尊佛像，不仅是西园寺的宝物，也是佛教艺术中的珍品。

潘君明　采录整理

# 关公为啥进罗汉堂

**西园寺罗汉堂的最后一进内，塑有一个关公像，红光满面，神采奕奕，手里拿着一柄青龙偃月刀。奇怪，这刀头怎么不是向上，而是向下，真是“放下屠刀，立地成佛”了？这是什么缘故呢？有个故事。**

苏州西园寺罗汉堂内，除了五百尊罗汉像外，还塑有一个关公像。关公是三国时蜀汉刘备手下的大将，是一个堂堂的将领，怎么进了罗汉堂呢？

原来，刘备在四川称帝以后，命关公带领重兵，镇守荆州。但关云长生性高傲，自命不凡，在东吴大将吕蒙进兵荆州时，不听旁人的计谋，以致误走麦城，被东吴兵团团围困，捉牢杀头。

关云长死后，心里很不服气，他想，我是堂堂的一员大将，一生中从未打过败仗，现在我的头颅却被人割掉了，弄得身首分离，于是就在空中大叫大喊：“还我头来，还我头来！”

关云长的喊声惊动了一个老和尚。老和尚名叫普静，是荆州府玉泉山上镇国寺的高僧，与关云长生前有过交往。他听见声音非常熟悉，就走出寺门，抬头向空中一望，只见一个红面大汉，骑着赤兔马，提着青龙偃月刀，徐徐而来。普静认得是关云长，便说道：“云长，你不要叫了，想当初，你斩颜良、诛文丑，过五关、斩六将，不知斩下了多少人的头颅，他们的头颅去向哪个讨呢？”关云长一听，心里想想也对，顿时大悟，便拱手说道：“法师说得有理，我愿拜你为师，请你收我做个徒弟吧！”

普静知道云长的性格，说话真诚，就说道：“好吧，你且随我进来。”关云长落下云头，跟着普静走进寺内，但见灯烛辉煌，香烟缭绕，五百罗汉端坐在两边蒲团上，正在背诵佛经。云长问道：“尔等是何许人也？”普静道：“他们是佛家弟子，修炼多年，已成正果，称为罗汉。”云长道：“我同他们坐在一起修炼好吗？”普静道：“你初进佛门，还不能同他们坐在一起，只能站立一旁，等你修成正果以后，再行坐下。”云长无奈，只得站在罗汉旁边。这样，罗汉堂内就多了一位修行者——关云长。

关云长决心和罗汉一起，行善积德，不再出去打仗，杀伤生灵。所以，他手中的青龙偃月刀，刀头向下，刀柄向上。这就叫“放下屠刀，立地成佛”。据说，原先只有荆州府玉泉山上镇国寺罗汉堂内有关公的站像，后来逐渐流传开来，在各地的罗汉堂内都有了。

潘君明　采录整理

# 范仲淹造府学

**府学就是现在的文庙，在苏州城南门内。北宋年间，由朝廷大臣、文学家范仲淹创立。范仲淹为了培养人才，让读书人有个深造的地方，决定创办一所府学。府学办在哪里呢？他找了许多地方，最后选定在这里。为什么要造在这里呢？民间有个传说。**

范仲淹告老回到苏州，想在城里买一块土地，造一所房子，以便养老终身。

苏州老百姓都知道范仲淹是个好官，希望他住在苏州城里，为大家办点好事。因此，不少人都在为他寻一块好地方。

一日，有位白发苍苍的老人来求见范仲淹，说："我是苏州城里的风水先生，特来向大人介绍一块地方。"

范仲淹问："不知在哪里？"

老人答："就是沧浪亭西边的那块荒丘。苏州城是龙穴宝地，卧龙街笔笔直直，是龙身；街上砌的石块，是龙鳞；北寺塔高高矗立，是龙尾巴；龙头呢，就是那块荒丘。大人买下这块宝地，兴建住宅，一则可以镇住龙头，二则将来子孙会科甲不断。"

正在这时，苏州府的学员开考，考生成绩平常。范仲淹想：考生成绩不佳，恐怕与缺乏名儒指点有关。他不禁想起了孔子办学，决定在苏州创办一所府学。府学办在哪里好呢？范仲淹决定造在风水先生说的那块"龙头"上。

范仲淹一面筹集资金，一面叫人设计，在荒丘上建造府学。动工那天，风水先生兴冲冲地来到工地上，见了范仲淹，高兴地说：“大人，是贵府动工了吧。”

范仲淹道：“不！是造府学。”

老人听了，着急地说：“这可是一块宝地哪！造了私宅，你家子孙可以万世昌盛呀！”

范仲淹道：“我一家的子孙昌盛有何用，倒不如叫大家的子孙昌盛，‘先天下之忧而忧，后天下之乐而乐’。苏州没有府学，读书人没有深造的地方，考不中进士、状元呀！”

风水先生早就读过范仲淹的《岳阳楼记》，钦佩范仲淹的为人，今日见到范仲淹的举动，更加钦佩他了。

不到一年工夫，府学造好了，面阔七间，红柱粉墙琉璃瓦，十分宏伟。范仲淹不仅自己在府学讲学，还请来社会名儒向学生传经授道。从此，苏州地方的读书风气越来越盛，考取进士、状元的也越来越多。有人说，这是因为府学造在“龙头”上，自然这是迷信，而府学里培养出许多人才，那倒是真的。

潘君明　采录整理

# 廉石的传说

**苏州文庙内有块大石，石上刻有“廉石”二字。这块石头已有一千七百多年的历史，关于它的得名，有个动人的故事。**

三国时，东吴孙权手下有个官员叫陆绩。他为官清廉，也很有才能，孙权就派他到郁林去当个太守。郁林在广西，那里荒山秃岭，人烟稀少，百姓生活非常贫困。陆绩到任以后，动员百姓开山垦荒，精耕细作，收成逐年好转，生活水平有所提高，受到百姓的称赞。

陆绩的任期满了，要离开郁林返回苏州，他雇了一只海船，将随身的生活用品搬到船上，就没有什么东西了。海船起锚离岸，向海当中开去，海当中风浪极大，船身随着海浪起伏，颠簸得十分厉害，根本没有办法航行。船上的人也颠得头晕目眩，连连呕吐，实在难熬。陆绩见此情况，便问船工：“为何如此颠簸，不能行船？”

船工道：“主要是船内没有装载东西，船身轻，吃水不深，压不住浪头，所以颠簸得厉害。”

陆绩道：“那先前的太守离任，不也是坐的这只船么？”

船工道：“嗨！先前的太守离任，大箱加小箱，一只叠一只，船上装得满满的，哪像你这个样子，连个箱子也没有。”

正在说话间，忽然一个大浪头打来，打歪了船头，方向偏了。船工急了，对陆绩说：“大人，船不能开呀！”

陆绩道：“船不能开，总不能停在这里，得想个办法。”他低头一想，高兴地说道：“有了，此地都是山峰，山上石头很多，我们可以把石头搬到船上，如此一来，船身不就重了么。”船工点头称是。船工将海船驶到海岸边，在山脚下搬了不少石头，装进船舱。这样一来，船身重了，吃水深了，虽有浪头打来，船头也不歪，颠簸也小了许多，人也不呕吐了，船顺利地在海上航行。

不几日，海船到了苏州，别人以为陆绩在郁林当了几年太守，坐着海船回来，一定装了不少金银财物，等到起舱一看，除了一些生活用品之外，其余的全是石头。在那许多石头中，陆绩挑选了一块大石，放在家里，作为留念。

因为陆绩为官清廉，两袖清风，一身正气，所以，后人将这块石头取名叫“廉石”。陆家把这块大石当作传家之宝，教育子孙后代当官要清廉。

后来，随着时代的变迁，陆家几经迁移，“廉石”流到了社会上，由百姓将石头保护起来，最后放置在府学内，一直保存至今。

潘君明　采录整理

# 开元寺无梁殿

**开元寺俗称“无梁殿”，在苏州市盘门内东大街。无梁殿，就是屋顶上没有大梁。实际上整座建筑不用一根木料，包括门、窗、柱、斗拱、栏杆等，全用细砖叠砌而成。这是建筑史上的一个奇迹。这种建筑形式是谁创造的呢？有个古老的传说。**

传说，明朝万历年间，苏州那座建于后唐同光年间的开元寺，经过了六百多年的风风雨雨，已经破败不堪。于是，老方丈就请来了香山地方手艺最好的一个木匠和一个泥水匠负责翻造。这两个工匠是一对换帖弟兄，阿哥精通木作，弟弟精通水作。兄弟俩同心合力，很快就把破旧的开元寺翻修一新。只见那经楼佛殿，雕梁画栋，金碧辉煌，人人都夸这是江南少见的大寺院。

老方丈十分满意，就请石匠凿了一块石碑，把两位工匠的名字刻在石上。石碑竖起来了，但不知怎的，弟弟的名字刻在前面，哥哥的名字刻在后面。哥哥见了很不高兴，就对弟弟冷言冷语地说：“这座佛殿，上有横梁下有槛，桩桩件件都出在我十个手指上。论辈分，我是兄长，现在你倒爬到我做阿哥的头上了，真是苦头我吃，名气你扬。”

弟弟心里想：阿哥这人有本事，可就是喜欢田鸡跳到戥盘里——自称自卖。虽说你阿哥造这座寺院确实花了不少心血，可我起早摸黑砌墙盖瓦，也瘦掉了一身肉。他越想越气，就对哥哥说：“尺有所短，寸有所长。造房子本来就是墙靠架，架靠墙，赛过船和橹，只有搭起档来，才能行得千里。”

哥哥说：“我不用你相帮，照样造房子。从今以后，我们就拆档试试吧！”

弟弟也来火[①]了，便说：“你一定要拆档，那就拆档好了。”

哥哥赌气跑回家去，锯锯刨刨，造了一座木椽堂。这种房子，全部用木料拼搭，可以拆装。人家办红白喜事，房子不够用，可以租用木椽堂，只要把木料用船装去，在屋前宅后的空地上临时一搭，就是一座房子，既便当，又顶用。哥哥得意了，逢人便夸自己本领大，把弟弟说得一钱不值。

俗语说：满饭好吃，满话难说。有一回，开元寺旁边有家人家办喜事，租用阿哥的木椽堂，一不小心，晚上木屋突然起火，噼噼啪啪，烧香带倒活菩萨，把开元寺的藏经楼烧得精光。老方丈心痛得直跳脚，要同阿哥算账。

弟弟听到这个消息，赶来对老方丈说：“祸已闯了，急也没用。我倒有个办法，可以造一座水氽不掉，火烧不掉的藏经楼，这样就能永绝祸根。”

老方丈想了想，便问道：“办法虽好，可是啥人能造这种房子呢？”

弟弟拍拍胸脯说：“这件事就交给我好了！”

哥哥站在一旁，心里也在想：房子烧不掉，除非铁水浇。不知弟弟用的啥个法术，夸这个海口。

隔了不久，弟弟来到哥哥家里，满脸堆笑地说：“哥哥啊，藏经阁已经造好，这座殿堂上无梁，下无槛，桩桩件件都是用砖头砌的。”

哥哥惊奇地说：“我做了大半世木匠，造屋不用梁，还是第一次听说，倒要去见识见识。”

于是，他俩来到开元寺。果然，新造的藏经阁二层高，七楹宽，既无梁架，又无椽枋，殿内穹窿结顶，都是砖石砌成，而且斗拱、飞椽等比用木头做的还要灵巧。看得哥哥连连点头，拍手叫好。

弟弟看见哥哥高兴，就说："哥哥呀，这座无梁殿，好是好，就是还没装门。今天请你来，就是想请你出出主意。"

哥哥说："门用木头做，只怕火来烧，这个我可想不出办法。"

弟弟说："一人不及两人计，合力出个好主意。阿哥手艺高，就请你把木门装好，我自有打算。"

哥哥猜不透弟弟葫芦里卖啥个药，只得照弟弟说的去做。等到木门做好，只见弟弟把事先准备好的方砖在木门面上两面铺好，然后用铁销固定，变成一扇砖门，再也不怕火来烧了。

兄弟俩给门取了个名字，叫"同心门"。从此他俩通力合作，和好如初。到了明朝崇祯年间，开元寺又发生了火灾，可是这座无梁殿却没有烧掉，一直保存到现在。

杨彦衡　陆如松　采录整理

**注解：**

①来火：苏州方言，即发怒。

# 保圣寺罗汉

**保圣寺在苏州市角直镇上。寺内有一堂罗汉，是唐代艺人杨惠之塑的。每个罗汉塑得比例适中，神态各异，有极高的文物艺术价值。那么，杨惠之如何塑得这么好呢？有个传说。**

唐朝辰光，角直保圣寺要塑一堂罗汉，方丈准备去请杨惠之。杨惠之有个同乡同行，名叫羊惠之，本领不如杨惠之，生了嫉妒心，他知道了这个消息，就跑到保圣寺去戳杨惠之的"壁脚"。羊惠之"戳壁脚[1]"戳得非常巧妙，他从一座倒塌的土地堂里，找到一尊土地公公的塑像，在这尊塑像底座内壁刻上"杨惠之"三字，掮到角直去给方丈看。羊惠之在方丈面前，不说杨惠之一句坏话，只讲杨惠之的本领如何高强，技法如何精湛。他说："假如方丈不相信，我带来的这尊菩萨，是个最好的证明。天下塑像的大师，应当首推杨惠之师傅。"羊惠之似乎非常诚恳。不过，他越说，方丈却越摇头。为啥？因为看着这尊蹩脚的土地公公像，就知道杨惠之的艺术不高。

天下没有不透风的墙，羊惠之"戳壁脚"终于让人知道了，同行都替杨惠之生气，鼓动杨惠之去为自己辩白。可杨惠之却只是笑笑，什么也没讲。过了两天，他跑到虎丘山脚下，搭了间草房住下来，这一住就住了三年。

虎丘山脚下，有一处泥土最滋润，叫作"滋泥"，是塑泥人的好材料。杨惠之三年里起五更，睡半夜，滋泥天天不离手，捏了几百个泥人。到了第三年小年夜，杨惠之把几百个泥人放在草屋门前空地上，写了一张“露布[②]”往草屋门上一贴，怀揣一团滋泥走了。

这张“露布”上写道：前来观看泥人的乡亲，发现其中有与自己面目相像的泥人，可以拿回家去。渐渐地，有不少人，涌到虎丘山脚下来观看泥人。有些经常到虎丘摆摊、摇船的人，惊喜地从泥人中发现了自己的捏像，一个个塑得活灵活现。这一来，轰动了一方，这事很快传到保圣寺方丈耳中，他看了杨惠之塑的泥人十分吃惊，脱口说道：“杨惠之，塑中之圣啊！”

方丈后悔当初轻信谗言，以致罗汉迟迟未能塑成。于是，他找到了杨惠之家，请他为保圣寺塑罗汉。杨惠之说：“要我塑罗汉不难，但要让羊惠之来请我。”方丈怕羊惠之不肯丢这个脸，便通过官府，下令羊惠之去给杨惠之赔不是。羊惠之怕吃官司，只好硬着头皮踏进杨家门。

这时，人们都以为杨惠之会责骂羊惠之，谁知杨惠之却不是如此，他将羊惠之推到朝南的椅子上坐定，对他深深一揖，说：“多谢仁兄拦我三年，不然，保圣寺的罗汉会被后人笑骂的！”

去看热闹的人不禁愕然，问他为何如此大度？杨惠之说：“三年前，我塑像的技巧虽然已有一定造诣，但塑像的面部还有点呆板，这不足之处一时难以克服。羊仁兄捎去给方丈看的土地公公，虽出自一个拙劣工匠之手，但其弊病，主要也在‘呆’上。也就是说，羊仁兄并没有太冤屈我。我跑到虎丘山脚下，就是为了观察那些摆摊的、摇船的，把他们的神态表情熟记在心，再努力通过捏像表现出来。功夫不负苦心人，经过三年的努力，我已逐步克服了这个毛病，现在来塑保圣寺罗汉，才真正有把握了。众人听了，恍然大悟。不久，杨惠之就去保圣寺塑罗汉，塑出来的罗汉，栩栩如生，像真人一般，其艺术之高超，那就不用说了。

据说，苏州虎丘捏像，后来传到了无锡。所以，无锡“烂泥嬷嬷”的祖师，还要算到“塑圣”杨惠之头上呢。

卢群　采录整理

**注解：**

①戳壁脚：苏州方言，暗中使坏的意思。

②露布：即通告。

# 司徒庙

**司徒庙在苏州城西南60里处邓尉山脚下，原是东汉大司徒邓禹隐居在此所建的堂屋。堂内供奉着佛像，天天焚香点烛。后因诸佛争要香火，邓禹一气之下把佛像打得粉碎，塑上了自己的像，后人便称其为“司徒庙”。有个不怕神的故事。**

东汉初期，光武帝刘秀手下有员大将，名叫邓禹，晚年时候，自动辞去官职，不声不响来到苏州光福，在西淹湖边上造了一幢房子，过着隐居的生活。

邓禹后来信了佛教，请人塑了一尊佛，供在大堂正中，每天在佛像前烧香点烛，对着佛像诵读经文，磕头求拜。佛祖释迦牟尼见他诚心，特地从西天赶来，亲自在他剃得精光锃亮的和尚头上烫了七个香洞，保他千年不死。

哪晓得这件事被太上老君知道了，太上老君顿时火冒三丈，决定给他点颜色看看。于是太上老君骑着仙鹤，赶到邓禹那里，指着邓禹的鼻子骂道：“你这个贼坯，只管拍释迦牟尼的马屁，竟不把我太上老君放在眼里，真是狗胆包天！他释迦牟尼保你千年不死，我就叫你立刻去死。”说罢，只见太上老君嘴里念念有词，邓禹的头立刻痛得像刀砍斧劈。邓禹连忙双膝跪地，向太上老君磕头求饶，说道：“老君在上，我该死，请老君高抬贵手，饶我一次，我一定塑个尊像，真心供奉。”太上老君就说：“你肯信奉道教，我就饶了你，你蓄长发，戴高帽，我保你长生不老，要是你三心二意，当心你的狗命。”太上老君说完，腾空而去，邓禹的头痛也立刻停了。邓禹不敢怠慢，当日就请人塑了一尊太上老君的金身像，放在大堂正中，把释迦牟尼佛像移到东壁。邓禹每天烧香点烛，对着太上老君诵读道经，磕头求拜。

哪晓得这件事又被城隍老爷知道了，城隍老爷决定也要给他点厉害尝尝，于是坐着轿子赶到邓禹那里。他剥去了邓禹身上的道服，摘了邓禹头上的道帽，抓住邓禹的头发吊在梁上，指手画脚地对邓禹骂道：“你这个畜生，只对大佛磕头，不给小佛烧香，今朝我就挖掉你的双眼，把你吊死在梁上。”邓禹哀求道：“城隍老爷在上，我今后一定塑你的尊像，烧你的香，请你坐大堂，每天对你三跪九叩。”城隍老爷说：“既然你肯这样待我，我就饶你，要是你今朝说的话不算数，休怪我老爷无情。”城隍老爷把邓禹从梁上放了下来，自己坐着轿子去了。邓禹不敢怠慢，当天请人塑了城隍老爷的像，放在大堂正中，把太上老君请到西壁，每天烧香点烛，对着城隍老爷磕头求拜。

邓禹的大堂里放了三尊神像，已经占去了一大半地方。邓禹嘴里在念经，心里却在想，假使玉皇大帝、观世音、土地公公、阎王老爷……各路神仙都像太上老君、城隍老爷一样来寻我，都要抢正堂，都要我对他们三跪九叩，那还得了。回想当年伙同云台二十八将，跟随刘秀打天下时，我天不怕，地不怕，不信神仙鬼怪，年年太平无事，现在敬了那些东西，反倒遭殃。于是，他拿起一根木棍，把大堂里的三个神像打得粉身碎骨，扫地出门。邓禹想，敬他们不如敬自己，他就请了一个手艺高的塑像师傅，照自己的样子塑了一尊肖像，放在大堂正中的须弥座上，居然从此太平无事。

后来，邓禹百岁千古，他的住宅就做了他的祠堂，因为他一生当中最后一个官衔是司徒，后人就把他的祠堂叫作“司徒庙”。

李洲芳　采录整理

# 阳山白龙庙

**阳山白龙庙在苏州城西北阳山山麓。山上有关白龙的传说很多，也很著名。山麓有白龙坞、龙母冢，还有白龙祠、白龙庙，都与白龙有关。那么，白龙是怎么一回事呢？有个神话故事。**

传说在东晋隆安年间，山麓住着一户人家，姓缪，缪家有个女儿，十四五岁，这天到外婆家去白相，吃过晚饭后回家。回来的路上，小姑娘走走看看，不觉太阳落山，时间已经晚了。小姑娘心里有点紧张，在山里转来转去，路也不认得了。这时，天空中布满了乌云，像要下大雨了。小姑娘心里很急，正在这时，看见路旁有一个老者，坐在家门口，小姑娘要求到老者家里去避雨。

第二天早晨，小姑娘醒来，老者却不见了，连房子也没有了。小姑娘回到家中，数月之后，肚子渐渐大了起来。父母再三追问，这究竟是怎么一回事？小姑娘说不清楚。父母怕乡邻讥笑，就将小姑娘赶出家门。小姑娘无奈，只得在邻村乞讨度日，一年后，竟产下一个肉球。小姑娘十分害怕，便将肉球抛入河中，忽然之间，肉球崩开来，从里面蹿出一条白龙，白龙来到小姑娘面前，好像要说话，但小姑娘已经吓得昏死过去。这时，天上电闪雷鸣，风雨大作，好久才停止。白龙又来到母亲跟前，见母亲已死，就向半空中飞腾而去。

乡人知道后，认为小姑娘怀的是龙胎，她就是龙母了，便将龙母葬在山麓，称为“龙母冢”。后又在冢旁建了一座庙，称“龙母庙”。

白龙上天后，一直飞呀飞呀，飞到湖南长沙才定下来。白龙使长沙风调雨顺，庄稼丰收。因此，长沙那里建有白龙庙。白龙是农历三月十八日生的，每年这天，白龙要回到阳山来省亲。为此，乡民们在山上建了白龙庙。每年三月十八日这天，阳山周围总是天气肃寒，时晴时雨。这天，必能见到龙形，有时有数丈之长，隐伏在山丘之中，有时只有蜥蜴大小，爬在庙内的梁柱上。但白龙遇到了人，就化而不见。凡遇大旱，乡民们到白龙庙去求雨，总能应验的。

有一年三月十八日，有只航船从长沙开回苏州。岸上来了一个白衣青年要求乘船，说要到苏州阳山去省亲，并付了船钱。船行至半夜，白衣青年嫌船行得太慢，要求自己掌舵，船工则轻松睡去。待到天明，船已到了苏州，一夜之间船行了三百六十余里，船工十分惊讶。他们跟在白衣青年后面，见他上阳山，进龙母庙，忽然间雷电交加，风雨大作，风雨过后，白衣青年却不见了。船工问庙内的和尚，才知道这白衣青年不是凡人，而是白龙，怪不得船行得这么快呢！

宋代绍兴年间，阳山一带发生大旱，土地干裂，庄稼枯焦，乡民们到庙里去焚香求雨，当天就下了大雨，解决了旱情。因为求雨成功，当地官员向朝廷上报，皇帝赐额“灵济庙”，庙内的香火就更盛了。

潘君明　采录整理

# 紫金庵罗汉

**紫金庵在苏州市东山镇西卯坞内。紫金庵内十六尊彩色罗汉，塑得大小适度，神态生动，衣着皱褶层次分明，脸部表情十分细腻，完全像真人一样，堪称是艺术中的珍品。相传，这是宋代塑像大师雷潮夫妇所塑。当地有这样一个传说。**

雷潮一生颠沛流离，想找个清净的地方住下来。这一年，他和妻子来到洞庭东山涧廊，看到这里非常幽静，心中十分高兴，就搭间草屋住了下来。紫金庵当家法师道宏久闻雷潮的大名，见雷潮夫妇来了，有心要请他们塑一堂罗汉。雷潮夫妇也就答应了下来。

雷潮夫妇考虑以后，决定塑一堂唐玄奘译的《法住记》中的十六尊罗汉。于是就认真研究《法住记》，苦苦揣摩罗汉的形象。他们仔细琢磨，反复商量，塑这十六尊罗汉，后来整整用了十六年的工夫。

为了塑罗汉，他们花了很多心思。有一天，雷潮要塑降龙罗汉，便和妻子商量，妻子含笑地问："你要塑降龙，他的神威应该在哪里？"雷潮说："落在金刚般的体魄、千斤般的双臂上。"妻子又说："俗话说，'画龙点睛'，如果落在眼神上一定会更好。"雷潮听了连连点头。后来，降龙罗汉果然塑得两眼炯炯有神，正视青龙，嘴巴紧闭，好像浑身全是力气，大家都说塑得好。

塑好了降龙罗汉，接下来要塑一尊藐视罗汉。雷潮说："既有像降龙那样有本领的人，也有妒忌他的人，我一定要把妒忌别人的神情塑出来。”他妻子却说：“你再琢磨琢磨，这位罗汉虽然表面妒忌，暗底下恐怕还不得不佩服人家有本领呢。”这倒难为了雷潮，他一面搔头皮，一面对着青铜镜做着各种眼神表情。妻子看了觉得又好气又好笑，问他在做什么？他说：“我听了娘子的话正在思量：妒忌人家，白眼相待；暗暗佩服，又应该侧目相视。这岂不是两重性格、两副表情都有了吗？”傍着降龙罗汉的这个藐视罗汉，后来就是这样塑出来的。

轮下来又塑伏虎罗汉。雷潮说：“别人塑伏虎罗汉总是高擎伏虎圈，有的拳对老虎，脚踏虎背。现在降龙已是用威严征服恶龙，伏虎再这样塑就落旧套了，不如用仁慈的方法感化和驯伏老虎，好像劝人改邪归正一样，这样就可以显得不同了。”雷潮妻子听了，觉得这样塑很好。果然，后来塑出来的伏虎罗汉与众不同，是个脸带笑容的慈善老人，额上布满了皱纹，他侧着头，耷拉着眼皮，好像在和老虎谈经说法；那只老虎呢，像猫一样乖巧地舔着罗汉的袍角，显得十分亲热。

一个又一个罗汉塑出来了，有的沉思、有的假寐、有的讪笑……都塑得活灵活现。还有个罗汉抱膝而坐，斜视着眼睛，静中有动，大概是在想什么心事。还有两个罗汉，一搭一档，好像一个在讲经，一个在听经；一个讲得有声有色，一个听得入了迷，这就是一组“影月谈经”的塑像。

紫金庵里有了这堂罗汉，也就出了名。

袁震　采录整理

# 五、宝塔篇

# 虎丘塔为啥是斜的

**虎丘塔又名云岩寺塔，在虎丘山顶上。塔要造得笔笔直直，这是常规。而虎丘塔却是斜的，故称“虎丘斜塔”。虽是斜塔，但远远望去，非常雄伟壮观，成为苏州城的一个重要标志。你可知道，虎丘塔为啥是斜的呢？有个传说。**

好久以前，太湖边上有个小山叫官山，官山南面有个小村叫上浜村。这一带土地肥沃，风景优美。住在这里的人，生活本来过得挺不错。可是，到了五代十国辰光，天下大乱，各个国家互相争夺地盘，经常打仗，弄得百姓都活不下去了。所以，大家一听见“皇帝”两字，就恨得咬牙切齿。

有一天，上浜村来了一位看风水的先生，他在村里转了一圈，指指点点地说：“上浜村是块‘龙地’，不久就要出皇帝哉。”老百姓听了半信半疑。

又有一天，大白天突然黑得伸手不见五指，接着雷鸣电闪，来了一场狂风暴雨，好像天要塌下来的样子。借着电闪的光，村里人看见天上降下一位金甲天神，手捧一座宝塔，来到了上浜村。在风声里，村里人听到金甲天神在嘀咕什么：“宝塔竖起，皇帝出世。”风雨停止后，大家果然看见有座宝塔竖在村边，遮住了阳光，堵塞了通道。

上浜村的百姓感到这不是好兆头。风水先生又来了，他指着宝塔说：“宝塔竖龙地，皇帝出这里。”大家越想越觉得离奇，决心要砸掉这座宝塔，破掉龙地，不让新皇帝出世。

于是，村里的男女老少拿起锄头、铁锫[①]，一道去砸塔，人多手快，三砸两扒，便把塔顶、檐角砸掉了，塔身也砸歪了。这时，天上的金甲神慌了手脚，连忙驾起祥云，赶来保护。勇敢的村民不肯让皇帝出世，个个摩拳擦掌，准备跟天神决一死战。金甲天神一看苗头不对，慌忙拔起宝塔，打算带回天庭。几个青年村民奋力赶上去，一钉耙打落他的银头盔，金甲天神吓得立即驾云腾空，不提防另一个青年村民射来一弹，不偏不倚，正中金甲天神的背脊骨，只听他“啊呀”一声，从半空中掼掉了宝塔，赶紧逃命。

据说，这宝塔不偏不倚正好落在虎丘山上。从此，虎丘山上有了座宝塔。因为宝塔是在空中斜跌下来的，所以塔就一直是倾斜的了。

又听人说，有一年，土地老爷忽然担心这座斜塔要倒塌，在一天夜里召集苏州全城百姓，一起去将塔身用力托正。第二天，全城的男女老幼，个个都喊腰酸骨头痛，互相问起，原来昨夜都做了一个梦，梦中都去托虎丘宝塔了。那么，虎丘塔扶正了没有呢？没有。它是靠神力竖在虎丘山上的，不会倒，土地老爷是瞎担心，所以，虎丘的宝塔至今还是斜的。

叶万忠　采录整理

**注解：**

①铁锫：方言，一种翻土的农具，有三至六个铁齿。

# 商量北寺塔

**北寺塔又名报恩寺塔，在苏州城平门北寺内。塔身八面九级，砖木结构楼阁式，雄伟壮丽，非常美观。可是在造塔时却碰到了难题，把作师傅一次又一次的商量，才拿定了主意。所以苏州人有句俗话，叫“商量北寺塔”。这句谚语是怎样产生的呢？有个故事。**

三国年间，东吴的皇帝孙权要超度母亲，决定在苏州城里的报恩寺内造一座宝塔。圣旨一下，大小官员立即大忙起来，把江东的能工巧匠都请了来。

皇帝开口说要，最好闭口就到，怠慢了就有性命出入。所以，工匠们只得日夜开工，先将塔基填好，然后让孙权定个黄道吉日，再砌塔身。可是圣旨上说，这宝塔的塔顶要超过南京报恩寺的琉璃塔，这样才能让在阴曹的国太平安升天。工匠们一听这旨意，都急得目瞪口呆。大家晓得，南京地势高，琉璃塔造在山上，直插云天。苏州这塔要造得比它高，起码要造十一层。可是苏州土质松，要造这么高的宝塔，岂不要把塔基压沉，酿成倒塔的大祸？所以，工匠们围着监造官，你看看我，我看看你，弄得六神无主[①]。

监造官火了，指着领头的破口大骂：“违抗圣旨者杀头，造不成宝塔满门抄斩！”

工匠们没办法，只好硬着头皮，把塔身一层一层地砌上去。刚砌到一半，塔身就开始倾斜起来。监造官逼着大家要把塔身弄直，这可急坏

夏维淳　绘

了包工承建的领头师傅。

正当大家走投无路的时候，只见有个老人挤进来说：“我有办法，造得高点有啥难呢！”这话，顿时把在场的工匠惊得鸦雀无声，目光集中到这个口出狂言的老人身上。大家一看，原来是庙里当家和尚引荐来的那个笨工匠。这个老头，自从来到工地后，一天到晚在摆弄他的一把斧头柄，装装拆拆，装了几十天也没有装好。有一天，一个领头师傅去说说他，他却直着喉咙，理直气壮地说：“木匠的斧头，大将的刀，闲时弄不好，忙时要懊恼。”说得领头师傅无言以对，要不是看在老和尚的面上，早就歇了他的生意。今天，那些本领好的师傅都说没办法解决的关子，笨木匠却说得如此轻巧，岂不让人笑豁嘴巴！所以，大家刚愣过神来，便七嘴八舌地说：“笨工匠今天发痴了，快走快走！”这时，有位耐心的木匠站出来说：“慢！他说造高没啥难，就让他先说个道理，说对了，大家就听他的，说得不对，再歇他的生意也不迟。”老工匠话音刚落，只见笨工匠随手捡起一根碗口粗的木桩，竖立在地上，然后举起斧头，用力在顶端“啪、啪、啪”地敲了几下，大声说道：“你们看，这木头为啥钉不下去？”接着又把木头的一端用斧头劈尖，然后对准地面，轻轻地在顶端一敲，木桩就钉下去了。于是他又问大家；“你们看，为啥木头这样容易钉下去？要问道理，便在其中。”

笨木匠这样一敲一问，把几位肯动脑筋的领头师傅的窍门打开了。他们心里想，要是把塔基的周围扩大，重心就分散了，好比没有削尖的木桩，不容易陷到地里去。大家心里正在盘算着，几个泥水匠还在瞎起哄：“自古塔用砖砌，木匠师傅晓得个屁！”笨木匠听了一点也不生气，反倒笑眯眯地将斧头劈在木桩上走开了。

再说，这几位正在动脑筋的领头师傅刚想向他讨教，不料人已不知去向。只见木桩上留下了那把被天天装拆、磨得锋利无比的斧头。大家呆呆地看了一会儿，想把斧头取下，不料轻轻一碰，那根精光细溜的斧头柄“啪”地一声掉在地上，分成两爿。大家七手八脚地拾起来一看，嗨，真稀奇，柄里刻着一座金光闪闪的宝塔。一数，正好十一层，而且每层都注上了尺寸，加起来正好超过了南京琉璃塔的高度。宝塔旁边还夹着一张纸条，写的是：

千层宝塔平地起，
功夫全在打根基。
若能悟得此中理，
沙滩犹可造琉璃。

大家看了这诗句，一个个都惊呆了。这时，忽然有人跳起来说：“这个笨木匠呀，一定是鲁班师傅的化身！本来嘛，鲁班的鲁，就是笨的意思。”“对！对！鲁班师傅手艺天下无双，他是来指点我们的！”

他这一说，大家心里都亮堂起来了。于是，大家一商量，立即齐心协力，将歪斜的塔身拆去，重新把塔基挖得又大又深，下面铺了扎扎实实的几十层金山石，好让宝塔站得四平八稳。

塔基修好了，工匠们照着鲁班师傅留下的宝塔样子，造了一座砖木结构的楼阁式宝塔，这样，非但比砖砌的宝塔分量轻了，而且重檐覆宇，既端庄，又雄伟，自古到今，一直被称为江南第一古塔。

杨彦衡　陆如松　采录整理

**注解：**

①六神无主：六神，指人的心、肺、肾、脾、肝、胆。六神无主，意即心慌意乱，毫无办法。

# 青铜葫芦镇宝塔

**每座宝塔顶上都有一个塔刹，俗称“塔顶”。北寺塔顶上的塔刹，是用青铜浇铸的，似葫芦形状，既非常美观，又十分雄伟。你可知道，这青铜葫芦是怎样浇出来的？有个动人的传说。**

苏州北寺塔顶上有只青铜大葫芦，那只青铜葫芦连同底座，高三丈六尺一寸，重五千四百斤。耸立在高高的宝塔顶上，四平八稳，纹丝不动。阵风一吹，还“呜呜”发响哩！

传说三国时，孙权一心想建造一座报恩寺塔来报答老母亲的养育之恩。为了这件事，孙权特地请了在东吴作客的诸葛亮为他设计。诸葛亮心向刘备，可又人情难却，便挖空心思出了一道难题，存心刁难孙权。他说这宝塔要造九层，比平常宝塔高出两层；层层要设回廊飞檐，处处都要画栋雕梁，另外要在宝塔顶上立一个“塔刹”。啥叫“塔刹”呢？就是要精选上好的青铜，浇成一只葫芦，放在塔顶上镇牢塔身；还规定了葫芦和底座的尺寸及重量。最后，诸葛亮再三交代孙权，青铜葫芦必须分量准足，相差一两，宝塔就要歪斜一寸。

孙权听了诸葛亮的设计，心事重重，真是湿手粘了干面粉，不叫诸葛亮出主意也罢了，既然请教了他，风声都已经传出去了，不照他说的造又不行；可是这么野野豁豁[①]的青铜葫芦，又怎么造得出来呢？孙权明知诸葛亮有意在掂东吴的分量，存心要看一看东吴能工巧匠的本领。所以想来想去，决定照造，不能惹人耻笑。

后来，孙权得知有个叫欧春子的工匠，是铸剑巧匠欧冶子第十八代子孙，蛮有本事，就住在苏州相门外。孙权换了布衣小帽，专程登门去访贤。到了他家，一看这欧春子，虽已七十多岁年纪，但鹤发童颜，精神蛮好，便向他说明来意。欧春子明白了孙权的心思，又见他心诚，就拍胸脯说："不吃馒头也要争（蒸）口气，决不让诸葛亮取笑东吴。"孙权蛮开心，对欧春子施了一个大礼，道："一切重托！"

欧春子朋友蛮多，他的师兄师弟、师叔师侄，遍布魏、蜀、吴三国。他接办这桩生活后，就发出请帖，不消半年，各地冶匠自带行李、工具，纷纷赶到，足足有上千人。他们在相门外扎了座工匠大营，沿河居住。那就是目下的"冶匠浜"。欧春子本领高强，在相门外的校场上，砌造了无数的炉灶。把五个工匠立为一炉，二十炉立为一堂，总共十二堂，堂堂用各色彩旗区分开来。正中心搭一座高台，高台上插十二色彩旗。台前掘一个大坑，模型就做在坑内。

那时烊铜炼铁，全靠三号钵头那么大的紫泥坩埚。一锅铜水，最多只有十来斤。烧的是木炭，鼓风靠"皮老虎[②]"，要一下子烊出五千四百斤的铜水，可不是简单的事情！

一切都准备停当，到开炉点火这一天，人山人海，全城百姓都来看热闹。只见每台冶炼炉内，铜水青光闪闪，烟云足足飘了十里路。欧春子见火候已到，爬到台上，正要拔旗指挥，只见他的小孙子急急匆匆跑上来，说估量了一下，铜水不够用。欧春子一听，脸色顿时发白，额上汗珠直冒。浇，要浇出废品；不浇，铜水全部泡汤。欧春子到底是块"老生姜[③]"，眉头一皱，计上心头，自己先捋下一对白铜手镯，"噗"地往炉内一掷。工匠们人人学样。这样一来，每一炉都陡地添了半斤铜。一些看热闹的人，也"噗！噗！噗！"地把首饰朝炉内甩，终于把铜水凑得足足的。据说，冶坊估铜水的习惯，就是从这以后才有的；如今的翻砂行业，每开一炉，都要先行估料，也是这样来的。

当时，欧春子站在台上，举旗为号。举什么颜色的彩旗，挂什么颜色彩旗的炉膛就上来浇铸。上来一堂又一堂，十二堂铜水全部浇得不剩一滴。工匠们人多手众，你来他往，按照次序做生活④。等青铜葫芦浇出来，金黄锃亮，光滑得一斑一点也没有。

消息报到孙权帐前，孙权蛮高兴。马上修书一封，差人向诸葛亮报讯。诸葛亮也从这件事中判断东吴有许多能人，从此，再也不敢小看东吴了。

孙权见青铜葫芦浇好了，高兴得不得了，对招来的工匠一律论功行赏。但难题也来了，啥个难题呢？这五千四百斤重的青铜葫芦，搬都搬不动，怎么安装到塔顶上去呢？孙权急得团团转。还是欧春子会想办法。那时造多层宝塔，不搭脚手架，用的是砌一层塔、埋一层土的办法，九层塔的土墩足有十几丈高。欧春子选择一个滴水成冰的日子，叫手下众人挑水泼路，一直泼到塔顶上。然后，在青铜葫芦上缚牢绳索，用力把它拉上去。这个办法真好。有人说青铜葫芦是飞上去的，这怎么可能呢？是安装了绞车把它拉上去的，现在塔旁边有条小巷叫“绞车弄”，就是那时放置绞车的地方。

马汉民　采录整理

**注解：**

①野野豁豁：苏州方言，不着边际的意思。

②皮老虎：古时鼓风的工具。

③老生姜：苏州方言，意即年老的有办法。

④生活：苏州方言，即事情。

# 姑嫂塔

**姑嫂塔是双塔的俗称，在苏州城内凤凰街定慧寺巷内。两塔并立在一起，均为砖木结构，七层八角，体形相同，十分美观。造塔的起因，缘于姑嫂两人，究竟是怎么回事呢？有个生动曲折的爱情故事。**

传说，这地方从前有一户人家，男当家姓张，是位穷书生，这一年要进京去赶考，家中只留下姑嫂二人。这嫂嫂人品端庄，像枝牡丹花；姑娘也生得标致，像枝水仙花。两朵鲜花留在家里，阿哥临走放心不下。

阿嫂劝阿哥："家里虽然缺米少柴，但你不要牵肠挂肚，你尽管放心前去，不要为我们担心。"

妹妹也劝阿哥："有啥不放心？我们姑嫂又不是三岁小囡，你用不着心挂两头。"

阿哥说："我什么都放心，就是我们住在这沿街浅屋里，只留下你们两个女流之辈，没有男人照应，我的心放不下。再说妹妹已经许配给李家相公，他这次和我一起上京赶考，回来才完婚，否则还可以请他照应。妹妹平时又太任性，好说好动，我的心放不下。"

嫂嫂说："沿街窗少开，屋浅门勤关。大家当心点就是，用勿着担心。"

妹妹说："你走路怕桥坍，乘船怕船翻。我少说少动就是，用勿着不放心。"

姑嫂两人晓得阿哥心思，就商量好在天井里种了两棵小桂树。等到张书生和李相公临走时，街坊乡邻、诸亲好友来送行，姑嫂两人就借这个机会表明心迹。

妹妹指着桂树说："桂花是吉祥树，老话讲，'人心正，种棵桂花香喷喷；心不正，枝枯叶落花凋零。'我种一棵银桂，嫂嫂种一棵金桂，等你们回来时，见了桂花树，也就知道我们的心了。"

嫂嫂接上去说："桂树分金银，花小香气盛，一身爱清白，染污即凋零。你们走后，我们两人一定像飘香的桂树一样，不会做出坍面子的事情。"

张书生和李相公对望了一下，忙对姑嫂说："你们不用这样说，只求种桂得贵，取个吉利就好了。"说完背了行装就上路了。

两位考生走了以后，姑嫂两人真像亲姐妹一样，阿嫂刺绣描花，姑娘帮上绷；阿嫂扎鞋底，姑娘剪鞋帮，遇事有商有量，做事一搭一档。两个人勤勤俭俭，日子倒也过得蛮顺当。到了秋天，嫂嫂那棵金桂，开得满树金花；妹妹那棵银桂，开得银花满树。真是花开茂盛，香飘十里，大家都称赞姑嫂俩人品好，本事高，模样又标致，百里挑一找不到。尤其是她们种桂明誓的举动，更在乡邻中间传为佳话。

不料好话传千里，鲜花引蜂来。有几个小后生，听说有这么两个标致女人，想来看一看，就在她们家门前闲逛。这屋里的姑娘，也到底年轻爱动，整天关着门窗闷做，实在耐不住。有一天，小姑趁阿嫂出门交生活[①]的空当，把门窗开得直堂堂，绷子刺得卜卜响。几个小后生走近窗前张望，一看是朵含苞未放的鲜花，都咧着嘴对她笑。这姑娘蛮得意，不过她心地纯正，并不理睬他们。这几个小后生来了一趟又一趟，总是碰到姑娘的冷面孔，也就没有了劲头，不来了。只有一个会画画的小后生，平日里行为不端，还不肯死心，依旧天天来转悠，嬉皮笑脸地没话找话，想和姑娘搭讪[②]。姑娘心里想：只要坐得正立得稳，不怕和尚尼姑合板凳。所以，并不把这件事看得太严重。

谁知日子稍长，街坊邻居倒有点看不惯，流长飞短，背地里议论起来。

那嫂嫂听到一些飞飞扬扬的闲话，转弯抹角地对姑娘说："妹妹呀，你那棵银桂不及以前长得好了！"妹妹心想：你我在一起，不是两天三天，怎么也跟着人家瞎说？就把嘴一翘，不睬嫂嫂。

又过了些天，外面的风言风语更难听了，嫂嫂又来提醒姑娘："妹妹呀，你那棵银桂叶子发黄了！"姑娘听了，心里觉得委屈，自己不过是开窗透透气，有啥错呀？姑娘一向任性，人家瞎说她，她偏不买账，偏要把门窗开得直堂堂，看瞎三话四的人到底还要嚼点啥格大头蛆！

日子一天天过去，眼看赶考的人要回来了。这位好心的嫂嫂又来劝姑娘："妹妹呀，你阿哥和李相公快要回来了。过日子就像宝塔一样，越造到要结顶的当口，越偏不得半点啊！"

姑娘听了这些话，再也忍不住了，说："嫂嫂呀，又不是我心不正，是那个厚皮小后生吃饱了没事干，三天两头到门前来噜哩噜苏，我又不曾睬过他，为啥怪我呢？"嫂嫂一听蛮对，等到第二天，那个小后生又来门前转悠，就把他骂了一顿，赶跑了。

那个小后生勾搭姑娘不成，本来就认为是因为有这个嫂嫂在碍事，这天给嫂嫂一骂，更加怀恨在心，便动起了坏脑筋，半夜三更，烧了一镬子[③]滚烫的咸菜卤，偷偷地翻墙溜进这家人家的天井里，浇在金桂的树根上，竟把一棵枝叶茂盛的金桂浇枯了。

再说，张书生和李相公都得了功名，高高兴兴回来。张书生一进城，就听见有些闲言闲语，到了家，看见金桂枯萎了，就指着妻子大骂："我只当是人家议论妹妹，原来是你心不正，做了见不得人的事，你还有脸来见我！"嫂嫂看到金桂枯掉了，真是有口难辩；又因为关系到姑娘，怕讲得不对，反而败坏了她的名声，所以支支吾吾，也没有讲清楚。嫂嫂心想：你我做夫妻不是一天，我的心，比水清，你居然不相信。嫂嫂越想越委屈，一时冲动，竟跑到房间里悬梁自尽了。姑娘走到房里，看到嫂嫂寻了短见，还留下一张字条，大吃一惊，姑娘越看越难过，觉得自己年轻无知，不懂得人言可畏，众口铄金，以致连累嫂嫂到这种地步！自己只不过是开了门窗绣绷子，不料会害了嫂嫂，怎么对得起她？一时悲愤难抑，便也在阿嫂旁边悬梁自尽了。

张书生看到姑嫂两人都死了，直哭得死去活来。在料理后事时，发现妹妹手里有张纸条，上面写着四句话："天大冤枉难申诉，满身长嘴说不清，但愿化做冲天塔，真真假假自分明。"从这四句话来看，肯定写的人有冤屈，奇怪的是笔迹是妻子的，纸条却在妹妹手里，难道两人都有冤屈？

后来，张书生和李相公都做了官，想到姑嫂两人的遗愿，就在当年种桂树的地方，肩并肩造了两座塔。过了不知多少年，这两座宝塔一直没有毁坏，只不过一座塔笔直挺拔，显得十分端庄；另一座塔身笔挺，但是塔顶稍微有点儿斜，好像是心里内疚，只好把头偏向一旁。因为是纪念姑嫂两人，所以俗称为"姑嫂塔"。直到现在，这两座宝塔依然双双矗立在苏州城里，像两支巨笔，在书写着她俩的辛酸故事。

陆如松　卢群　采录整理

**注解：**

①生活：苏州方言，指所做的活儿。

②搭讪：苏州方言，即讲话。

③镬子：苏州方言，即锅子。

# 鲁班设计造双塔

**将两座宝塔造在一起，并肩而立，而且要造得一模一样，这确实有点难度。把作师父感到为难，内心非常着急。正在这时，一个老老拿出了双塔模型，双塔就造起来了。这老老是谁呢？有个故事。**

苏州定慧寺巷内的双塔，至今已有一千多年的历史。双塔又叫“鲁班塔”，为什么有这个名字呢？传说是这样的。

在造塔的时候，主人要造两座塔，一座高一点，一座低一点，但要并立在一起。这可为难了把作师傅，这两座塔到底怎么造呢？开工以后，木匠、泥水匠都来了，有的备料、有的加工，十分忙碌。在加工的匠人中，有个八十多岁的老老，满头白发，穿着破衣烂衫，一屁股坐在地上，手里拿着一把短尺，在一块木料上量量看看，看看量量，不时用斧子砍砍，凿子凿凿，不知在做啥个生活。匠人们看了，有的说：“哪里来的野匠人，几十岁了，还不干正经事。”有的说：“年纪这么大了，别去管他了，让他混口饭吃吃吧。”这个老老听到以后，只当没听见，依旧做他手里的生活。

再说，几个把作师傅在一起商量，这双塔究竟怎么造，七嘴八舌的，商量了好多天，还未能拿出一个方案来。这时，有个匠人来报告说：“不知哪里来的一个老老，拿了一块木料在弄白相，看起来是个混饭吃的，把作师傅应该去看看。”把作师傅走到那里，看见一个老老在弄一根木料，就问：“老师傅，你是哪里来的，在做啥个生活？”老老朝把作师傅看看，笑笑说："你来问我吗？我从来处来，喜欢弄木头，你来问我了，我就不弄了。"说罢，拿斧头往下一劈，把一块木料一劈两爿，说："送给你吧！"把作师傅接过两爿木料来一看，是两座宝塔的形状，一座高一点，一座低一点，式样完全一样。再去看那老老，已经不见人影。后来，大家就按照老老做的两座塔型，建造了双塔。

传说，这个老老就是鲁班师父，他听说苏州要造双塔，心里非常高兴，特地赶到苏州来设计传授。这双塔是鲁班师父设计的，所以又叫"鲁班塔"。

潘君明　采录整理

# 瑞光塔的传说

**瑞光塔在苏州市盘门内。初建时高达十三层，现为七级八面，砖木结构楼阁式，体形古朴，秀隽挺拔，十分雄伟。关于这瑞光塔，民间传闻很多，有的说塔内有祥瑞物，会放出瑞光；有的说塔身是仙女的化身。今选录一则，以飨读者。**

苏州盘门城里，早先有座古庙，叫普济禅院。庙里有座七层高的八角形“万年宝塔”。每逢初一、月半夜里，庙里的和尚都要到塔上去放灯。这时，层层塔身上挂满了五光十色的彩灯，照得苏州城里城外一片明亮，连太湖里的鱼虾也会成群结队游到水面上来看灯哩。

有一年秋天，塔里的佛光神灯突然失踪了，变成了两盏阴霾霾的绿灯，在塔上一闪一亮的。太湖里的鱼群见了掉头游，虾蟹见了没命溜。奇怪！这两盏绿灯到底是神光，还是鬼火？俗话说：“靠山吃山，靠水吃水。”捉鱼人不见鱼虾的面怎么活命呢！大家都对塔上的绿灯犯了疑，纷纷跑进城来看个究竟。来到庙门口，只见山门关得紧腾腾，一打听，才知道原来塔里新近出了一条大蛇，庙里的和尚上去一个死一个，上去两个死一双，连当家和尚也被大蛇吓死了。所以活着的和尚只好四处逃命，另谋生路去了。

渔民们听了这个消息，都发起愁来。眼望着这高耸入云的宝塔，有谁敢上去除掉这害人精呢？大家你看看我，我看看你，一点办法也没有。

正当大家唉声叹气的辰光，西域有位高僧到苏州来了。这和尚披着一件大红袈裟，胸前挂着一个红彤彤的大木鱼，一路走，一路念着佛经。当他来到庙门前，见塔顶上绿光一闪，赶紧收住脚步。正迟疑间，附近的百姓都跑拢来，把塔里出了蛇妖的事情向他讲开了，劝他不要进去。老和尚想了一想，说："原来这塔里出了妖孽，怪不得这里毒气弥漫，乡亲们都是面黄肌瘦的，连庙门前的这丛双梢合欢竹也枯萎了。贫僧慈悲为本，方便为门，替百姓除害消灾，是我的本分，何况这里的同道死于非命，我非为大家报仇不可！"

乡亲们怕他又要被毒蛇所害，都劝他不要去冒这个险。老和尚却笑了笑，把胸前的大木鱼一敲，"嗵"的一声，震得庙门前的树木摇晃。乡亲们看到这情况，知道这和尚有来历，忙说："我们正被这妖孽弄得走投无路，请师父指点指点，给我们想想办法吧！"

老和尚笑笑说："办法是有的。本来我只要把这木鱼敲响一个时辰，管叫这妖蛇寸骨寸断。只是这塔里的毒气太重，人进去弄不好会全身溃烂，中毒而死。"

乡亲们着急地问："那怎么办呢？"

老和尚说："莫急莫急，万物都相生相克，喏，火来水克，水来土克……"

乡亲们又问："那么，这毒气用啥来攻克呢？"

老和尚说："常言道，涎唾不是药，处处用得着。人嘴里的涎唾再加上我从西域带来的良药，就能克蛇毒。"

乡亲们异口同声地说："这个便当，我们一人一口涎唾，也能制服这条毒蛇。"

不久，老和尚准备停当，四周的居民和香客都赶来看他捉蛇妖。只见那和尚脱去袈裟，解开百衲衣，用和了药的涎唾擦过头面、双手和胸膛；然后，胸前挂着木鱼，走进塔里，把木鱼敲了起来。这木鱼真是件宝贝，发出来的声音，赛过响雷一样，"轰隆，轰隆"，震得塔顶也摇了起来。木鱼敲到第五千零四十八记，只听见“哗啦”一声巨响，塔顶坍了半面，一条几丈长的大蛇从塔顶上跌下来，直僵僵地死在乱砖堆上。

这么大的蛇，真把看客吓呆了。这时，老和尚手提木鱼，慢悠悠地从塔里踱出来，吩咐乡亲们在塔旁的空地上架起干柴，“噼里啪啦”，把毒蛇烧成了灰烬。

老和尚做了这件大好事，乡亲们都感谢他的救命之恩，称他为活佛，要求他留在庙里传经说法。那和尚就在庙里住了下来，等到宝塔修好后，就在大雄宝殿主持讲经。

讲经那天，上千名香客从四面八方赶来听经。老和尚讲得出神入化，听经人个个听得点头晃脑。一时间钟磬齐鸣，声震四方，香烟缭绕，直达云霄。最稀奇的是，殿上的法鼓忽然自己会发出雷鸣般的声音，塔里金光四射，天上像落雪一样飘下来洁白的昙花，同时，庙门前那丛枯黄的合欢竹也青生生地活转来了，连大殿前放生池里的一只千年白龟，也爬到假山上来听经。乡亲们看到这些情况，欢声雷动，都说：“今天古塔重修，出现四样瑞物，真是祥瑞之兆。”因此，后来就把这宝塔改名为“瑞光塔”。

杨彦衡　陆如松　采录整理

# 六、桥梁篇

# 剪金桥和胭脂桥

**剪金桥在苏州城内干将东路西端南侧；胭脂桥现已不存。这两座桥均是春秋时代的古桥。苏州有“吴王剪金买胭脂”的谚语，几乎尽人皆知。有个古老的传说。**

西施聪明伶俐，能歌善舞，受到了吴王的宠爱。吴王和西施经常在一起寻欢作乐，形影不离。吴王对西施言听计从，只要西施开口，没有不依的。

一天早上，相国伍子胥进内宫求见吴王，说文武大臣聚集在金銮殿上，要求大王上朝议事。吴王在寝宫更衣，被西施看见了，就问：“大王欲往何处去？”吴王道：“寡人要上朝议事。”西施听后，脸上顿时惊讶起来：“哎呀，大王昨日还说，今日陪臣妾乘船出游嘛，怎么忘了呢？”说罢，西施拽着吴王的袖子，故作娇态，说：“大王去上朝，臣妾不是太无聊了吗？”边说边流下泪来。吴王见西施这样，心就软了，忙说：“好爱妃，寡人不去上朝就是了。”

吴王和西施乘坐彩船，沿着水巷，从城中春阳宫出发，缓缓地向西行驶。船到城西时，吴王和西施正玩得高兴，只听见岸上有人喊道：“禀大王，微臣有事求见。”吴王和西施向岸上一望，见是相国伍子胥跨着一匹白马，急匆匆地赶来。吴王望望伍子胥，面带三分怒容，问道：“什么事情这么急，非要现在来打扰寡人的游兴？”伍子胥忙道：“臣有要事相奏，请大王回宫上朝议事！”西施一听，心里很不高兴，她想，这老头实在讨厌，今天不是冲着我来的吗？随即心生一计，眉头紧皱，双手捂在胸前，嘴里呻吟起来：“啊唷唷，痛煞我哉。”吴王见西施这样，知是心病发作，一时慌了手脚，忙把西施搂在怀里，召来御医为西施治病。同时，对伍子胥厉声斥道：“你在这时赶来做啥，害得爱妃心病发作，还不快快回去。”伍子胥气得两眼发黑，只得翻身上马，怏怏而去。

西施见伍子胥被赶走了，喘了一口气，说道：“大王，臣妾服药以后，心痛好些了。”吴王见她发髻蓬松，便要亲自动手为西施梳妆打扮。可是，彩船内未带梳妆工具，也没带香粉胭脂。吴王就传谕：在前边的桥堍停船，命宫娥上岸去采办胭脂。可是，身边未带银子，怎么办？吴王便从头上拔下一根金簪，剪了一段，交给宫娥，去买胭脂。

后来，人们把吴王停船剪金簪的那个地方，称为“剪金桥”，把买到胭脂的地方，称为“胭脂桥”。所以，苏州有“吴王剪金点胭脂”的谚语，并流传着这个故事。

潘君明　采录整理

# 宝带桥

**宝带桥又名长桥，在苏州市南门外大运河与澹台湖贯通之上。桥下有53个拱形桥孔，全长317米，宽4.1米。它像一条白色的绸带，横卧在碧波之上。造这样一座长桥，要打许许多多的桥桩，这些桥桩是怎么打的呢？有个神奇的传说。**

宝带桥横卧在苏州城外东南角，东面是大运河，西面是澹台湖，是沟通水陆交通的要道。桥下有五十三个拱形桥孔，传说是唐朝苏州刺史王仲舒捐献了祖传的宝带建造的。可是苏州人有句俗谚："造桥造塔都要神仙帮忙"，这就说来话长了。

很早很早以前，澹台湖的水，西灌太湖，东通大海。这里水流急，风浪大不好行船；湖面阔不好拉纤。老百姓年年月月盼着有座桥，可是月月年年不见桥。尽管王仲舒体贴民情，捐献了祖传宝带，可是这里湖深水急，不好打桩，也是无济于事。

澹台湖边上有座庙，庙里有个老和尚，他每天早出晚归，四处化缘，亲眼看到湖里经常翻船。老和尚望着这茫茫的澹台湖，心里总盼望有神仙来帮助造桥。

有一日深夜，老和尚早已睡了，忽听得有人来敲庙门。老和尚想：这里前不着村，后不靠镇，对面是白茫茫的澹台湖，很少有人路过这里，这么晚了，会是谁呢？他起来开了庙门，只见来了八个人，开口要借宿。老和尚一看：有年长的，有年轻的，有背着药葫芦的，有瘸着一条腿的，其中还有个女的，长得蛮标致。老和尚弄不明白这些人的身份，就推托说："没有被褥，不好住宿。"八个人你一言、我一句地说："没关系，现在天热，我们就在大殿上乘乘风凉吧。"不容分说，八个人进了庙门，到大殿上坐下。他们又说："我们赶了不少路，还没有吃晚饭呢。"老和尚说："没有白米，不好烧饭。"只见其中一个人从葫芦里倒出米来说："烧一点白米粥好了。"老和尚只好拿了米到灶屋里去烧粥，一边烧一边说："没有吃粥菜，怎么办？"只见他们里面另一个人拿出一包红枣向粥锅里一倒，马上满屋喷香，香得老和尚鼻子发痒直打喷嚏，不住口地说："好香啊！"来客说："你闻得开胃，要吃，自己去盛吧。"老和尚不好意思地笑着摇摇头。

粥烧好了，八个人刚满一桌，不多辰光粥就吃完了，枣核吐了一台子。老和尚一手拿畚箕，一手拿揩布要收拾台面，他们急忙摇手说："不要丢掉枣核，我们正有用呢。"老和尚心里想：老话说"炒熟黄豆勿做种"，难道烧热的枣核还能做种变枣树？我倒要看看这熟枣核能派啥用场。

八个人吃完粥，就在殿堂里商量什么事，一个个争得面红耳赤。天将亮，他们向老和尚道了一声谢，出庙门朝澹台湖方向走去。再走过去就是澹台湖了，老和尚急了，正要喊时，只见他们在湖面上行走竟像在平地上一样，一面走一面把枣核丢在湖里，一直走到对岸，就看不见他们了。好奇怪呀，这是些什么人呢？更奇怪的是，天大亮，老和尚看见他们走过的湖面上，竟起了一排排粗粗的木桩。

这桩事一传十，十传百，传了出去，后来传到了苏州刺史王仲舒的耳朵里，他想一定是大家造桥的愿望感动了神仙，便亲自来湖边观望，一看，果然桥桩已经打好，便下令选好吉日良辰开工造桥。

开工那天早上，王仲舒手捧镶满珍珠、翡翠的宝带，率领官兵、家人，搬了整猪、整羊各式祭品来到湖边。老和尚摆好供桌，先祭祀神仙，老百姓都从四面八方跑来观看。说也奇怪，刚要开工辰光，天空忽然刮起了大风，下起了瓢泼大雨，可是，霎时间雨过天晴，蓝蓝的天空上架起一条彩虹。老和尚看见那天夜里来的八个人，在天上行走如飞，跨着彩虹，向太湖方向飞去。不多久，天上的彩虹不见了，澹台湖的湖面上，却架起了一座长长的大桥。这座桥就是有名的宝带桥。

有人说，宝带桥因为是神仙造的，桥洞数不清；有的说有五十二个环洞，有的说有五十三个环洞。其实呢，桥洞实在太多了，看得眼花，确实不容易数清。

到了八月中秋，月明水清，月光映着宝带桥，一个桥洞内一个月亮，一排桥洞好像一串月亮在水中晃动，美妙非凡，真是人间少有，如入仙境一般。

袁震　金煦　采录整理

# 渡僧桥

**渡僧桥横跨在苏州阊门外上塘河（古大运河）上。据传，该处原本无桥，来往行人十分不便。后来造桥，取名叫“渡僧桥”。为什么取这个桥名，民间有多种传说，有的带有神话色彩，有的似乎确有其事，这里主要讲两个。**

## （一）

传说，旧时的古运河，河面宽阔，河水滔滔，水流湍急，河上没有桥梁，来来往往的行人，全靠一只小船摆渡。

一天，来了一个远方老和尚，身上的袈裟十分破旧，胸口挂的一只木鱼，也缺了一块，但他银须飘飘，很有点仙家的样子。老和尚走到渡口，招呼船家摆渡。船家是个势利小人，一看老和尚这副模样，料他没有铜钱，便说道：“今天风大浪高，摆渡不容易呀，你先付船钱，我再给你摆渡。”老和尚一摸口袋，袋内毫无分文，就恳切地对船家说：“你就行个方便吧，给我摆渡过去，等我化到钱后，回来再付给你船钱。”船家看着老和尚，狡黠地说：“要是你不回来呢，叫我向谁去要钱？”就是不肯给老和尚摆渡。

老和尚心里很气，对船家说：“你不要欺人太甚，你不给我摆渡，我照样可以过去。”说罢，在河岸边的杨柳树上采下几根柳枝，编成一只小船形状，放到河面上，老和尚轻轻踏进小船，乘风破浪，不多一会儿，就到了对岸。船家不知老和尚有这般本领，看得目瞪口呆，但他还

夏维淳　绘

是不服气，对老和尚说："你也只能自己一个人过去，我也不缺你一个人的摆渡钱。"这一下，老和尚气急了，说："我化到缘后，一定要在这里造一座桥，方便行人，就不要你摆渡了。看你还能欺侮谁。"

老和尚说到做到，他到处化缘，跑遍了城市乡村，化缘来的钱省吃俭用，逐步积累起来，共化了十年时间，看看钱积得差不多了，可以造桥了。老和尚就招募工匠，开始在运河上造桥。这座桥造得规模宏大，上桥三十六级，下桥三十六级，共有七十二级。桥为拱形，桥面很宽，就是大船也可以从桥下通过。桥造成后，老和尚第一个从桥上走过。走过以后，老和尚就不见了。可是，桥还没有命名呢。当地百姓一商量，想起造桥的起因，桥又是和尚造的，就取名叫"渡僧桥"。

潘君明　采录整理

## （二）

很久以前，这里是没有桥的。在清朝末年辰光，河东边有一户人家，父亲已经死了，只有一个儿子和一个娘亲。儿子是做生意的，开的绸缎庄，因为善于经营，赚了不少钱，对娘亲也十分孝顺。娘亲姓卜，俗称卜氏，守寡在家，一个人冷冷清清的，非常寂寞，她不敢公开嫁人。暗地里与一个和尚往来。

和尚的名字叫妙空，出家在河西边的一座庙里。他不安心念佛讲经，经常以化缘为名，出来寻花问柳。一天，妙空和尚出来化缘，在卜氏家门口敲木鱼，卜氏正在厅堂里念佛，听到木鱼声敲个不停，便出来开门一看，见是一个化缘和尚，皮肤白净，长得眉清目秀。和尚见一个妇人来开门，即双手合十，说道："阿弥陀佛，敝寺菩萨要装修金身，望女施主随缘乐助，功德无量。"卜氏道："我在家中天天拜佛念经，菩萨与我有缘，是要化助些个，请师傅里面坐。"妙空原是个花和尚，听卜氏叫他进去，心里当然高兴，便跟卜氏进门坐下。卜氏送上一杯香茶，妙空伸手去接，乘机捧着卜氏的手不放。卜氏毫无反应，还冲和尚嫣然一笑，两人就此勾搭成奸。

和尚与寡妇私通，到底不是光明正大之事。和尚白天不敢进门，二人只得夜里往来。和尚的庙门与卜氏家的后门正好相对，抬眼就能望见，但中间隔着一条河，往来甚是不便。如果走到河尽头绕过去，要足足花上一个时辰，由于妙空和尚身体好，又懂水性，所以，总是在半夜三更泅水过来，与卜氏相会。日子一长，被儿子发觉哉，儿子知道和尚与娘亲私通，但由于对娘亲的孝顺，心里尽管不愉快，口头上也不便明说。

十多年后，妙空和尚年龄大了，体力减退，泅水过来感到吃力，遂与卜氏商量，必须如此这般，方能保持往来。卜氏同意，决定依计行事。

一日，儿子回到家里，向娘亲请安。卜氏道："娘近来身体不适，曾到对面庙里去烧香，向菩萨许下一个愿，在家门口与庙门口造一座桥，便于行人往来，做个善事，好让菩萨保佑我身体健康，保佑你生意兴隆。"儿子低头不语，心中明白，方便别人是假，照顾和尚是真。卜氏见儿子不响，又说道："娘就生你一个儿子，就许下这一个愿，你就造了吧。"儿子想：娘与和尚往来已有十多年，一直未去阻拦，不如把桥造了吧，称了母亲的意，也尽了我儿子的一份孝心。于是，儿子答应拿出钱来，在河上造一座木桥。

过了几年，卜氏得病身亡。儿子想：娘亲已经死了，我的孝心也尽到了，现在要教训教训那个和尚，替我父亲报仇了。想毕，他带了一把尖刀，到庙里去找到妙空和尚，趁和尚不备之机，一刀把和尚杀死了，还在墙上题了二句诗：

造桥如母意，杀僧报父仇。

他杀死了和尚，自知人命关天，就前去县衙门投案自首，向县官老爷诉说，妙空和尚如何勾引娘亲，自己如何孝顺娘亲而造桥，现在又为何要杀死和尚，等等，一一讲明，请县官老爷明断。县官老爷听罢，说道："原来如此，那和尚六根未净，犯了色戒，败坏风化，亦罪有应得；本官念你是个孝子，又来投案自首，故不追究你的罪行，只罚你造座大石桥，方便行人，赎罪积德，那桥名么，就取名叫'渡僧桥'，以戒今后。"

后来，卜氏的儿子在那里拆除了木桥，造了一座大石桥，遵照县官老爷的吩咐，在桥上镌刻了三个大字："渡僧桥"。

潘君明　采录整理

# 万年桥

**万年桥在苏州市胥门外城河上。原来桥有三孔，全用坚实的紫石筑成，桥上栏杆等物，都有精美的雕刻，仅石狮子就有一百余只，誉为“三吴第一桥”。后来，这座精美的桥被拆除了，移到了他处。为什么呢？有这么一个故事。**

明朝嘉靖年间，苏州城胥门外原有一座年久失修的大桥，眼看即将坍塌，城里的达官富豪，便借此机会向老百姓派捐派款，准备招募能工巧匠，重新兴建。这里地处大运河和胥江交汇的地方，河面宽，水流急，造桥非比寻常。苏州城里城外的工匠，都不敢出头包揽这项大工程。

太湖边上的香山地方，有位手艺超群的石匠，大家都叫他阿巧师傅。阿巧的父亲，原来也是个造桥名匠。阿巧从小就在父亲干活的草棚里，看父亲带着徒弟们制作各种各样的石器。他也时常用凿子、榔头，把石头敲敲打打学着干活。有一次，他父亲带着徒弟们出外造桥，快完工时发现桥顶心缺少一块龙门石。老师傅想起家里有一块尚未平整的方石，就连夜回家来取；到草棚里一看，只见那方石早已被凿得平平整整了；后来一查问，才知道是十一岁的儿子阿巧干的。从此以后，父亲就全力培养阿巧，不但自己尽心教导，还要儿子向几位名师大匠学艺。业精于勤，阿巧到了十八九岁时，已经掌握了造桥的全部技艺，年纪轻轻就成为独当一面的造桥作头。所以重建大桥的重任就落到了阿巧的肩上。

阿巧师傅邀集了苏州附近的许多造桥匠人，商量怎样造法。他对大家说：“我们乡下有句古话，‘一人一双手，做事没帮手；十人十双手，拖着香山走！’这回重建一座万年桥，要靠在座各位的力量啦。”

一个老石匠接着说：“阿巧的话讲得对，只要人手多，牌楼搬过河！阿巧，只要你领着头，我们众人跟着你干就是了。”

于是，阿巧说出了早已盘算好的造桥计划，大家商量了好一阵，决心包下这项工程，阿巧师傅就带着众人动工了。

真是众人拾柴火焰高，工地上干得热气腾腾。阿巧师傅手艺高，思路巧，众匠人干活卖力，眼睛一眨，一座五孔大石拱桥就落成哉。新建的万年桥，长三十丈，宽三丈多，中孔最宽最高，越是靠近两岸的桥孔就越低越狭。造桥用的所有石料都是太湖鼋头山上的白石，一经精雕细琢，石面平滑如镜。从桥顶到桥堍，两边各有九十多个石级。桥两侧石栏杆上，每隔一丈各有一对蹲着的石狮子，共有三十二对。狮头随着石头的原形，姿态各不相同，真是雕得玲珑活泼，再涂上红嘴黑眼绿毛，更逗人喜爱。桥顶中央那块龙门石上，中间是一个“卐”字，四角是四盆万年青。这座桥建造得很别致，无论近看或远望，都觉得雄伟壮丽，与众不同。

万年桥正式落成的这一天，轰动了苏州城内和四乡八邻的百姓，都赶来观看，一时人山人海。走在桥上的人更是拥挤不堪，摩肩接踵，人人都夸赞这座桥造得好，造得巧。有几个熟悉阿巧师傅的人，还翘起大拇指赞不绝口。

万年桥造好不久，当朝宰相严嵩回家乡江西分宜县扫墓，回京时特地到苏州来游山玩水。严嵩的官船过了浒墅关，就有快马进城飞报。全城上自督师、抚台，下至文武官员，都到胥门外列队恭候。严嵩的官船就停泊在万年桥堍。严嵩立在船头，一面与众官员相见，一面观赏万年桥的雄姿，嘴里不住地赞道：“好一座巍峨雄壮的万年桥！”

第二天，严嵩坐了一艘特大的官船，经万年桥往西行，去游览枫桥寒山寺和木渎灵岩山，还在船上置办了姑苏最名贵、最丰盛的酒菜。宴席上严嵩想起他的家乡江西分宜县内，有条大河叫秀江，至今还没有一座桥。秀江两岸的距离和胥门外运河两岸的距离差不多，倘若能叫造万年桥的匠人去那里造一座同样的桥，不是很好吗？但这个老奸巨猾的奸相不肯直讲，却说：“我的家乡秀江景色秀丽，要是江面上有一座像万年桥那样的大石桥，真是锦上添花了！”

抚台早想谄媚逢迎严嵩，可就是没有机会。现在严嵩想要万年桥，他当然不会失去这个巴结权贵的机会。当严嵩回京后，抚台忙召集苏州知府和吴县、长洲、元和三县的县令及城里几个豪绅，商议怎样替严嵩的家乡造桥。这时有一个姓肖的豪绅说：“自从万年桥重建以来，胥门外的山里便有一股凶煞之气经过那桥冲进城来，使得城里不是发生瘟疫，便是发生火灾。以我之见，就把新建的那座万年桥拆下来运到江西去，造在老相爷家乡的秀江上吧。”这话正合抚台的胃口，于是就这样决定下来了。

吴县知县奉命叫来阿巧师傅，如此这般一说，阿巧很气愤，他知道严嵩这个老奸臣在朝廷横行霸道，因此敢怒不敢言，但迟迟不去拆除。知县催促得紧，说：“若是阿巧不肯去拆，就命别人去拆。”可是，这桥造得很精密，每两块石头之间都有榫头和卯眼。只有知道了榫头和卯眼在哪里，拆起来才比较容易。如果是生手乱敲乱撬，就会把榫头、卯眼弄坏，以后再拼起来就不牢固了。阿巧师傅为了不使石桥损坏，只好自己亲手去拆卸，足足花了一个多月才拆除完毕，拆下来的材料装满了几十艘大船。这些大船浩浩荡荡，从镇江出长江，溯江而上，再从九江口穿过鄱阳湖，沿着赣江，直抵分宜县的秀江。

阿巧师徒们在秀江上选定地段，先在深水里打桩做墩，等到墩子做好，又安装桥面。由于材料现成，仅用了一年零三个月的时间，一座五孔大石桥就完工了，与原来的万年桥一式一样。严嵩老贼十分高兴，题名为“凌秀桥”，还写了《兴建凌秀桥记》。

张舫澜　采录整理

# 白姆桥

**白姆桥在苏州阊门外的山塘街上，跨白姆桥河。山塘街尊称“白堤”，是唐代诗人白居易筑的。这白姆桥么，与白居易的女儿有关。**

白居易是唐代的大诗人，曾任苏州刺史。他知道虎丘山风景优美，很想去游赏一番。一天，他骑着小毛驴，出了阊门，沿着山塘河边走去，因路面凸凹不平，坑坑洼洼的，小毛驴一脚高一脚低，白居易的屁股都被颠痛了，实在难于行走。与他同行的老百姓，也是怨声载道。白居易只得扫兴回来，坐在衙门内，他想：这是一条去虎丘的必经之路呵，是该修一修了。第二天，他就带了一班衙役和工程人员，到山塘河去勘察，一边设计，一边施工。白居易常常去工地上监督施工，忙得连饭也顾不上吃。

白居易有个女儿，她知道父亲辛苦，不见父亲回来吃饭，心里着急，就在家里烧好了饭菜，装进饭篮，送到山塘河工地上。但工地上人来人往，哪里能找到父亲呢？后来，父女俩约好，在山塘河工地某处等候。这样，女儿天天送饭到这里，白居易天天在这里吃饭。时间久了，白居易女儿送饭之事传遍了工地，大家都说：白刺史真是个好官，筑山塘河为民造福，生的女儿也十分孝顺，她是个孝女啊！

后来，山塘河的堤岸筑好了，在白居易女儿天天送饭的地方，也造了一座石桥，取个什么名字呢？大家一想，就叫“白姆桥”吧，意思是白居易女儿孝心一片，是妇女的典范，可以为人师表，是值得大家学习的。

潘君明　采录整理

# 钱万里桥

**钱万里桥在苏州阊门外广济路北端，跨山塘河支流白姆桥河。此处原本无桥，交通十分不便。为造此桥，一位少女付出了自己宝贵的青春，俗名“钱卖女桥”。这个桥名，包含着一个悲惨的故事。**

传说，在很久以前，这一带房屋不多，行人稀少，非常冷清。住在河岸两边的居民，都是穷人，根本没有钱造桥。所以，大家若要到河对岸去，除了有便船摆渡以外，要从阊门那里绕过去，走老远的路程。

河东边有个财主，名叫张百万，是个大商人，住着高楼深院，十分有钱有势，官府也怕他三分。这河岸两边的房子、土地，全归他家所有。

河西边有户人家，姓钱，男的叫钱二，只有夫妻两人和一个独生女儿，租住在张百万家的一间房子里。钱二因为身体不好，不能出去帮工，想自己开爿杂货店，做点小生意，以便维持生活。但是，开店要有本钱呀，自己手头没有，怎么办呢？只好向人家去借贷。

正在这时，张百万到河西来收租，收到钱家，向钱二要房租钱。钱二拿不出，夫妻俩向张百万苦苦哀求，并说明正在借钱做本，开个小店，等赚到钱之后，一定交还。

张百万已经六十开外年纪，满头白发，两只眼珠滴溜一转，见钱二的女儿生得容貌端正，十分标致，心中有了打算，便问钱二道：“这是你家的女儿么？”

夏维淳　绘

“是的。”钱二回答。

“今年几岁了？”

“十四岁了。”

“叫啥名字呢？”

“小名叫万丽。”

张百万听后哈哈大笑，说道：“你家女儿不但品貌生得端正，名字也叫得雅致，好呀！我看在你家女儿面上，房租欠欠再还，我再借给你家十两银子，你拿去开个小店，隔三年后还我吧。”

钱二夫妻俩一听，不知张百万内心的阴谋，只是感激不尽，万分高兴，连忙跪下叩头，拿了十两银子，就开起小店来了。

冬去春来，光阴如箭，一转眼已是三年了。张百万来到钱家，说道：“三年啦，借我的银子可以还啦。”

钱二道：“小的已凑足了十两银子，本当上府奉还，不想又劳你的大驾了。”

张百万冷冷一笑，说道：“还十两吗？哪有这种便宜事。我银子借给你开店，你天天赚钱，我不要利息吗？告诉你吧，我张百万借银有个规矩，月利十成，现已三年，我有账本在此，连本带息共计三百七十两，连同房租三十两，总计需还四百两，给我拿来。”

钱二夫妻俩一听，惊得目瞪口呆，要还这么多银子，哪能还得出。夫妻俩哀求道：“小店生意清淡，维持生活尚且困难，哪有这么多银子还呀？求老爷放宽些吧。”

张百万皮笑肉不笑地说道：“要我放宽也可以，只要依我一个条件，我非但不要你家还我银子，连房子也送给你们。”

钱二道：“不知是哪个条件呀？”

张百万道：“我膝下无子，想讨个偏房，你家女儿已十七岁了，给我做个小妾，不就了事了么。”

钱二夫妻俩一听，又气又恨，心里想：你张百万六十开外，我家女儿才十七岁，怎能与你成亲呀。钱二道：“这件事不成呀，我女儿也不会答应的。”

张百万脸孔一板，说道：“不成就不成，那你还我银子。如果三天内还不出，我就去告官，用你的命来抵押。”

钱二夫妻俩急得没有办法，只得去和女儿商量。女儿万丽是一个十分懂事的姑娘，知道爹娘的处境。答应吧，自己被人糟蹋，一生受苦；不答应吧，银子还不出，张百万要去告官，爹娘被抓去，恐怕性命难保。万丽想了一会，不觉心生一计，便说道："要我答应，也要依我一个条件，叫张百万过来，我当面与他说话。"

张百万听说万丽已经答应，心中十分高兴，急忙来到内室，见了万丽，就说道："要依你啥个条件？你只管说吧。"

万丽道："这里从河西走到河东，要绕一个大圈子，十分不便。你在这里造一座桥，一则我要从桥上过去到你家；二则我爹娘只生我一个女儿，我回家来看看也方便点，你答应吗？"

张百万听后，心里想：造一座桥，这个便当，我有的是银子，不要说造一座，造十座也可以。便说道："答应，答应，马上造桥。"

桥造好以后，张百万家里挂灯结彩，吹吹打打，准备迎娶万丽。万丽梳妆打扮后走进花轿，当轿子抬到桥上时，万丽对轿夫说道："停一停，我要看看新桥呢。"

万丽走出轿门，立在桥栏边，心想：难道我真的要嫁给这个老头么？她望着东去的流水，暗自说道："爹娘呀，来生再见吧；张百万呀，你去做梦吧。"说罢，纵身跳到河里，淹死了。

因为桥是钱万丽提出来造的，钱万丽又死在桥下，人们为了纪念她，就把这座桥叫作"钱万丽桥"。由于"万丽"与"万里"同音，日子一长，就叫作"钱万里桥"了。又因钱家还不出银子而出嫁女儿，俗名叫"钱卖女桥"。

潘君明　采录整理

# 乘鱼桥

**乘鱼桥在苏州城内乐桥之东，跨第三横河。这是一座古老的桥梁，讲起这个桥名的来历，有个神话故事。**

在很久以前，这里的河水绿油油的，它西面连接城内的直河，东面通向城外的护城河，水是活的，长年缓缓流动，所以，河内的鱼虾游来游去，十分舒适自在。

一年春天，有两位贤人来这里白相，一个叫丁法海，一个叫琴高。两人在河边散步，忽然间，两人看见河内有一条大鲤鱼，足有一丈多长，头上生了角，腹下生了脚，肩上生了两个翅膀，展开来在水上跳舞，非常好玩。两人看着看着，感到十分奇怪。丁法海说："这不是一般的鲤鱼，是神鱼，它可以化成龙，骑着它可以升天。"琴高说："我也听说过此事，我去试试看。"琴高说罢，就走下河去，骑在鲤鱼背上，在河面上玩了一会，突然间"哗"的一声，鲤鱼冲上了天空，化成了一条龙，驼着琴高，不知飞到哪里去了。有人说，琴高升上天空，成了仙人。后来，为了纪念琴高乘鱼，在那里造了一座桥，就叫"乘鱼桥"。

因为有了"乘鱼"的故事，苏州桃花坞木刻年画，就有小孩骑在鱼身上的年画。所以，苏州人家过年，都喜欢贴"乘鱼"的年画，小孩骑在鲤鱼背上，它的含义有两个方面，一是希望小孩乘（成）龙，二是希望家庭年年有鱼（余）。

潘君明　采录整理

# 落瓜桥

**落瓜桥在苏州城内临顿路南端，蔡汇河头之东，跨第二直河。因何取名叫“落瓜桥”？很有趣味，有个动听的故事。**

原来，这桥名与宋朝的大臣吕蒙正有关。吕蒙正是河南洛阳人氏，家境十分贫寒，但读书却非常用功，少年有志，决意要考取功名。他在家乡生活不下去了，就只身来到苏州投亲。到了苏州，亲戚遍找勿着，身上盘缠用光了，无钱回家，只得在苏州流浪，住在一座破窑里，靠卖字为生。

一日，吕蒙正无米下锅，肚子饿得咕咕叫。他想到街上去寻点吃的，来到一座桥头，见一个老农拉了一车西瓜，正在上桥。老农毕竟年纪大了，拉不动。吕蒙正急忙赶上去，用力帮老农推车上桥。推到桥当中，老农回过头来看看，见是一个文弱书生，穿得衣衫褴褛，十分寒酸，心肠却是好的。老农正要感谢他时，吕蒙正开口了：“老伯，谢倒不用谢了，我肚子里饿得很，你就给一只西瓜我吃吃吧。”老农满口应承，说道：“那也好，你自己挑一只大西瓜吧。”

吕蒙正拿了一只西瓜，在下桥时，感到脚步无力，一个踉跄，一跤跌在桥上，手中抱的那只西瓜也落了下来，顺着桥阶骨碌碌地滚了下去，一直滚到河中。吕蒙正站起来，望着河中漂去的西瓜，自叹命苦，连讨来的一只西瓜也吃不到。

后来，吕蒙正考中了状元，受到皇帝的重用，做了宰相，名声显赫，十分荣耀。有一年，吕蒙正来到苏州视察，官余闲暇，重访故地。他来到讨西瓜的那座桥上，想起跌落西瓜一事，不禁感慨万千，再看看那座桥，因年久失修，桥上石级歪斜断裂，桥栏杆残缺不全，行人走过十分危险。于是，吕蒙正自己拿出钱来，叫当地工匠重新造了一座石桥。

这桥本来无名，工匠请吕蒙正起个桥名，好镌刻在桥上。吕蒙正想了一想，叹口气说道："就叫'落瓜桥'吧！"

潘君明　采录整理

# 帝赐莲桥

**帝赐莲桥在苏州城内十全街西端北侧，跨城内第三横河东段南侧的支河，即十全河上。这个桥名十分雅致，其意为皇帝赐造的桥。可它的俗名也真俗，叫“狗屎莲桥”，有的人甚至干脆叫它“狗屎桥”。为什么有这种桥名呢？有个更朝换代的故事。**

相传，元朝末年，农民起义军领袖张士诚攻下平江（今苏州）城以后，自称吴王。其时，朱元璋想一统江山，派了大将徐达带兵围困苏州，要张士诚献城投降。张士诚当然不会答应，但又打不过朱元璋，只得死守城池。这时，张士诚的老娘有病，且一天比一天严重。张士诚是个孝子，天天要去看望老娘。老娘也知道朱元璋大兵围城，儿子忙于军务，还天天来看望她。老娘不忍心儿子受累，就找了一条白带，悬梁自尽了。

张士诚知道后非常伤心，因在困难时期，丧事一切从简。办完丧事以后，为纪念老娘，就在老娘的住地附近，重建了一座石桥，算是为老娘做的善事，希望老娘早日超生。桥造好以后，取个什么名字呢？工匠们请张士诚定夺。张士诚还未想好，朱元璋大军已经攻破城门，冲进来了。张士诚无路可走，就放了一把火，将宫殿烧成废墟，自己也烧死了。

张士诚是吴王，是苏州的首领。他爱护百姓，关心民间疾苦，所以老百姓当他是皇帝。这座桥是他主张造的，那就叫“帝赐莲桥”

吧。但是，当时已是朱元璋的天下，谁还敢称“帝”呢！官府知道后，下令不准叫“帝赐莲桥”，要换一个名称。老百姓很有办法，用“帝赐莲桥”的谐音，叫“九思桥”。因为张士诚的小名叫“九思”，但官府也知道这个含义，所以也不准叫九思桥。老百姓就说是“狗屎桥”，有的说叫“狗屎莲桥”，实则也是“九思桥”和“帝赐莲桥”的谐音，直到现在，当地百姓还是这样叫的。

潘君明 采录整理

# 觅渡桥

**觅渡桥在苏州城南门与葑门之间，横跨京杭大运河。桥为薄型单孔拱式，通长81.3米，净跨19.3米，两坡各设53步石级，高而不峻，稳重大方，是江南桥梁之典范。桥名“觅渡”，又名“灭渡”，含义十分深刻。有个生动的故事。**

觅渡桥是一座古老的大石桥，横跨在苏州城东南的大运河上。该桥雄伟壮观，规模巨大，是一座非常著名的桥梁。这个桥名是怎么来的呢？

听老一辈人说，在很久以前，这一段河上没有桥梁，交通十分不便，行人过河，主要靠摆渡船摆渡，有时候摆渡船不在，行人就无法过河了。

有一次，有个老和尚要过河，招呼摆渡船过去摆渡。艄公撑船过去，向老和尚收摆渡钱。老和尚拿不出，就双手合十，嘴里念声阿弥陀佛，意思是没有摆渡钱，请船家行行好事。船家不肯，说：“没有摆渡钱怎能过河”，就把船撑开了。

老和尚没有过河，心里非常气愤，想：撑船摆渡，方便行人，原本是一件好事，现在无钱不能过河，真叫人气哪！

老和尚回到寺里，与几个徒弟一讲，徒弟也十分气愤，大家一商量，想出了一个主意，决定出去化缘，筹集一点银子，在那里造一座桥，取消摆渡船，也不会受这种窝囊气了。第二天，大家就出去化缘了。

几年以后，和尚化缘积聚了不少银子，雇用了一批工匠，在那里造了一座大石桥。取个什么桥名呢，有人说：原来在这里过河，摆渡船也见不到，难觅哪！现在有了桥，等于觅到了摆渡船，就叫“觅渡桥”吧。也有人说，桥造好以后，摆渡船用不着了，等于消灭了摆渡，还是叫“灭渡桥”吧。这两种叫法都有意思。所以，这桥有两个桥名：“觅渡桥”和“灭渡桥”。

潘君明　采录整理

# 后　记

改革开放以后，旅游事业蓬勃兴起。人们在工作、劳动之余，总喜欢走出家门，去欣赏大自然的美丽风光，开阔眼界，增长见识，这已成为一种风尚。各地旅游部门，对本地的景点经过修葺整理，也纷纷对外开放，迎接游人。苏州是一座历史文化古城，也是一座旅游城市，当然也不例外。苏州的古城、山水、园林、寺观、桥梁等，都是值得游览的好去处。

出门旅游，踏访名山秀水，观赏古典建筑，接近历史文物，饱览旖旎风光，细听与之相关的民间传说，增添游兴，身心为之一畅。是的，任何一处旅游景点，导游在讲解时，总带有民间传说故事，这是旅游景点不可或缺的文化内涵。

笔者本职是政法干部，在工作之余，十分爱好民间文学，亦深知民间文学与旅游事业有着密切的关系，凡是有旅游景点的地方，就有民间文学的存在。民间文学应当为改革开放助力，为旅游事业服务。为此，笔者利用休息时间，深入田野调查，踏访名山秀水，了解景点实体状况，走进街巷里弄及集镇乡村，访问父老乡亲，搜集民间传说。尤其是有关旅游景点方面的传说，笔者用心搜集整理，为旅游部门提供文化资料。

数十年来，笔者搜集到许多这方面的传说，经整理后编成此书（也有数篇是同好搜集的）。依据苏州旅游的特点，分为“古城篇”“山水篇”“园林篇”“寺庙篇”“宝塔篇”“桥梁篇”六个篇目，收录民间传说九十三篇。可以这样说，凡是有关苏州著名景点的民间传说，本书几乎都搜集到了。这些民间传说，有的反映景点是怎样起源的，有的叙说景点是如何命名的，有的表述景点的历史沿革，有的演说景点与历史名人的关系，等等。这些传说，丰富了景点的观赏内容，激起了游人的情趣。阅读这些传说，不仅情节生动、饶有趣味，也能从一个侧面了解到苏州历史文化底蕴的深厚，文物古迹的丰富，体会到苏州古建筑的弥足珍贵。

旅游，一边欣赏美丽的景点，一边细听生动的民间传说，真是一件快事、乐事也，这会使你对苏州的美丽风景，产生一个深刻的印象，留下一个美好的回忆。

本书曾于2001年12月出版，受到读者的青睐。后因故未能再版。这次在出版“苏州民间传说丛书”时，决定将此书列入再版，以满足读者的需求。为使本书图文并茂，特请著名画家梅云、劳思、夏维淳先生绘制插图，为本书增添光彩。

潘君明

2018年2月28日

于苏州市东环新村角挂书屋